아프리카에서 부르는 바람의 노래

일러두기

• 아프리카 지명이나 이름은 한글맞춤법에 따랐으나 일부 현지어는 소리나는 대로 표기했다.

• 본문 내용 중 일부 글은 「좋은교사」에 실린 글이다.

• 본문 속 인용문은 특별한 언급이 있는 것을 제외하고 모두 저자의 일기장에서 발췌한 것이다.

• 이 책에 실린 사진은 21쪽을 제외하고 모두 저자가 직접 촬영한 것이다.

아프리카에서 부르는 바람의 노래

아프리카의 풍요와 빈곤,
갈등과 변화, 아름다움과
민낯 속으로 뛰어들다

홍세기 지음

템북

책을 일단 덮자. 그리고 생각을 해보자. 이 책을 이해하기 위해
선 반드시 필요한 일이다. 지금부터 함께 상상을 해보는 것이다.

동양인 초등학교 교사 출신의 한 남자가 지구 반대편에 있는
아프리카 학교, 그것도 대학교의 총장이라니. 저자의 최측근 중 한
사람으로서 바라보건대, 이 초등학교 선생님의 삶의 방식은 참 신
기하다.

선교사의 삶을 통한 특별한 감동을 바란다면 진짜로 책을 덮었
으면 좋겠다. 이 책은 선교사인 동시에 교사의 정체성을 가진 글쓴
이의 인생 생존기이자 외국인의 눈으로 바라본 우간다 쿠미 지역
인류의 생존기이기도 하다.

그런 맥락에서 책은 시니컬할 정도로 덤덤하게 그가 겪은 일들

을 나열한다. 그래서 사건의 장소와 상황이 이국적이고 색다를 뿐, '생존'이라는 자칫 냉혹해 보일 수도 있는 단어를 퇴색시킬 수도 있는 감성에 빠지지 않게 도와준다. 삶과 죽음을 옆에서 직접 겪으면서도 마치 3인칭 시점으로 쓰인 이야기들이 쌓여 오히려 더 감정적이고 격정적이기도 하다.

이런 글은 나에게는 친숙한 글쓰기다. 평소에 감정 표현을 많이 하지 않는 아버지는 종종 현지에서 겪은 일들과 상황들을 가족에게 공유하시는데, 그런 글들을 읽는 재미가 쏠쏠하다. 멀리 계신 부모님의 생각을 압축해서 볼 수 있는 글들을 보면 어떤 생각과 마음으로 지내시는지 알 수 있기 때문이다. 가장 낮은 곳에서 가난과 생존을 위해 싸우며 어떻게 해야 이들을 살릴지를 치열하게 고민하시는 부모님과 달리 아들인 나는 어떻게 하면 유명세와 인지도를 유지할지 고민하던 날들이 많았기에 그 글을 읽을 때마다 내 앞에 놓인 삶을 돌아보기도 했다.

정작 아버지가 글을 쓰시는 모습을 많이 보지는 못했다. 하지만 바쁘지 않은 아침, 혼자서 테니스 경기 영상을 보시다가 성경을 펼쳐서 말씀을 묵상하며 손으로 글을 쓰시는 모습을 기억한다. 포항 집 책꽂이에 꽂혀 있던 무제의 폴더들을 무심코 꺼내 보다 아버지의 속마음이 담긴 일기를 본 적도 있다. 그때는 아버지가 직접 꺼내 놓지 않은 속마음을 들춰 보는 마음이 들었다. 많지는 않지만 그

때 그 글을 읽었던 감정이 지금도 마음속에 짙게 남아 있다. 그리고 가족이 서로 무심하다고 여겨지던 시절에는 우연히 읽었던 그 글을 되새기며 혼자서 가족과 연결되어 있다고 느낀 적도 있다.

이 책은 그런 아버지의 마음을 펼쳐 놓은 것 같다. 이 책을 읽게 된 독자도 나와 비슷한 경험을 하게 될지 궁금하다. 아프리카와 한국, 작가와 독자라는 서로 다른 위치에서 다른 경험을 하며 살고 있는 우리를 이 책이 연결해 주기를 바란다.

홍이삭

▲ 우간다 북부에 위치한 카타크위라는 시골에 있는 교회의 모습이다.

지금도 가끔 그 섬이 꿈에 나타난다.

그때 그 왜소하고, 가난하고, 부끄러움 많던 아이들은 이제 없지만 교사가 되던 첫해, 그분이 아이들을 통해서 하신 말씀을 나는 생생히 기억한다. "누군가 이 아이들을 위해서 일해야 한다면 제가 그 사람이 되고 싶습니다." 구약의 요나처럼 피하듯 도망간 작은 섬에서 아이들은 나를 "홍 선생님"이라고 불러 주었다. 그리고 그 호칭은 내가 무엇을 해야 하는지 알게 해주었다. 나는 바닷가에 나가 작은 바위를 하나 주워 그 위에 글을 썼다.

홍 선생

나는 홍 선생이란 말이 좋네.
죽기까지 불리워질 말
홍 선생.

나는

홍 선생이란 말이 좋네.

그리고 45년이 지난 지금 나는 아프리카에 있다.

그때 그 아이들이 지금은 검고, 크고, 알록달록 아름다운 모습으로 변해 있을 뿐이다. 장소가 바뀔 때마다 만난 많은 아이들은 처음 만난 바로 그 아이들이었고, 나는 그 부름을 잊지 않았다.

어떻게 보면 지금까지의 내 여정은 교사로서 그 아이들을 찾아다닌 흔적인지도 모른다. 그럼에도 글을 쓰기 위해서 지난 6년간 쓴 일기장을 넘기다 보니 나는 참 많이도 흔들렸다. 시작할 때부터 "할 만한 사람을 보내소서", "할 수만 있거든 이 잔을 내게서 옮기소서"라는 기도를 여러 차례 드렸다. 사랑의 분량이 적었던 탓이리라. 해야 할 일을 잊은 적은 없지만 감당하기 어려운 사랑에 대한 푸념이 가득하다.

우간다와 쿠미대학교!

이 책은 우간다 사람들과 교육을 통해서 연애하며 놀아 보려던 한 선생이 덜커덕 결혼을 하게 된 이야기다. 그 과정에서 피할 수 없는 희로애락이 농축되어 있다.

나는 분명 "주께서 나를 구원해 주셨는데 내가 주를 위해 못할 일이 무엇이 있겠습니까"라고 기도드렸었다. 예수께서 베드로에게 "늙어서는 … 남이 네게 띠 띠우고 원하지 아니하는 곳으로 데려가리라"(요 21:18)라고 말씀하신 것도 잘 알고 있었다. 그런데 정작 어려운 일 앞에서 나는 이렇게 기도했다. "주님, 이 십자가를 저 골고다 언덕까지만 대신 져 드릴게요. 그런데 이 길이 왜 이렇게 긴 거죠?" 애초에 결혼생활을 하면서 나 자신을 임시로 십자가를 지고 가는 구레네 사람 시몬이라고 생각한 것 자체가 잘못이었다.

여기저기 다니며 새로운 일 하는 것을 좋아하는 내가 이 학교에서 6년 동안 꼼짝 않고 결혼생활을 해냈다. 그러면서 부모님 생각을 많이 했다. 나를 지탱해 준 가족과 친구들 그리고 마음으로 함께 해준 여러 동역자들 생각도 수없이 했다. 그들이 아니었으면 나는 진즉 "여기까지"라고 선언하며 도망치듯 어디론가 가버렸을 것이다.

그래서 여기에 기록한 글은 모두 상황을 바꾸신 그분의 역사요, 모순 가득한 사람들과 상황을 창조적 결과물로 바꾸시는 그분의 역설이다. 처음부터 성과를 목표로 시작한 것이 아니었기에, 여기에서 맺은 열매는 모두 그분의 것이다. 다만 이곳 사람들과 함께 지내면서 이들의 삶을 '체휼하는' 그리스도를 흉내 내며 살려고 했다. 힘들 때도 많았지만 여기까지 온 것만으로도 감사가 넘친다.

책이 나오기까지 함께 해준 템북 김선희 사장과 편집진에게 감사한다. 이들이 내 목에 띠를 띠우고 나를 여기까지 오게 했다. 나를 이곳에 있게 해준 사랑하는 교우들, 교사선교회 동역자들, 협력 교회들, '개미 가족' 여러분과 나를 이곳에 보내 놓고 마음으로 함께 해준, 이름을 다 열거하지 못하는 많은 분들에게 감사한다. 이 글을 언제 읽게 될지 모르는 쿠미대학교의 학생들과 교직원들에게도 감사한다. 그들은 나에게 애증의 대상이었지만, 그들이 있었기에 오늘의 내가 있게 되었고, 미래를 긍정적으로 볼 수 있게 되었다. 내게 늘 집필을 권유하고 격려하는 아내가 있어서 글을 모으는 일이 가능했다. 그때 그 섬 생활을 시작으로 우간다에서의 생활까지, 교육 인생의 여정을 허락하신 그분께 감사드린다.

2024년 여름
홍세기

목차

▲ 아프리카의 해질녘 너른 초원이다.

▲ 우간다의 한 소녀가 동생을 업고 있다.

▲ 해맑은 모습의 우간다 아이들이다.

▲ 우간다 북부 아촐리 지역의 민가이다.

▲ 쿠미대학교 졸업식에서 홍세기 총장이 졸업생에게 학사모를 씌워 주고 있다.

▲ 머치슨폴 국립공원에 있는 기린 한 쌍이다.

▲ 우간다 청년들이 가장 좋아하는 스포츠는 축구이다.
▲ 축제에 참가한 쿠미대학교 학생들이 즐거워하고 있다.

▲ 쿠미대학교 운동장에서 학생들이 운동을 하고 있다.
▲ 쿠미대학교 태권도 팀은 우간다에서 최고 실력을 가지고 있다.

▲ 한 어머니와 아이들이 물을 길어 집으로 돌아가고 있다.
▲ 조이초등학교의 학예회 날 학생들이 의상을 입고 준비하고 있다.

구레네 사람,

시몬이 되다

붉은 땅,
아프리카로

우간다 엘곤산 인근의 땅은 온통 붉은색이었다. 흙은 황토보다 훨씬 붉었고, 수목이 울창했다. 여자들은 냇가에서 허리 숙여 빨래를 했고, 아이들은 신기한 눈으로 우리를 보았다. 우리는 장대를 걷어 올리고 나무다리를 건너서 우간다 국경을 통과했다. 잠시 기다리는 동안 소떼가 조금 전 내가 건넌 다리를 건넜다. 그곳에서 지내는 동안 초록의 들판과 상큼한 공기, 빡빡머리 아이들이 내 가슴에 남았다. 구름에 둘러싸인 엘곤산을 보면서 언젠가 저 산에 오르리라는 생각도 했다.

위의 글은 10년 전 처음 우간다를 방문했을 때 쓴 것이다. 사람들의 우려를 뒤로하고 2018년 초에 아내와 나는 다시 우간다에 왔다. 붉은 땅에 사는 사람들과 함께한다는 기대가 고향 가는 마음처럼 피어올랐다.

다시 온 나는 빨간 커피체리를 입에 넣고 오물거렸다. 커피 생두를 숯불에 굽고 갈아서 내려 마셨다. 여기서 생산한 고구마와 감자, 옥수수를 먹었고, 이곳에서 재배한 쌀로 밥을 지어 먹으며 즐거워했다.

근 40년 전 처음 제자훈련을 받았을 때, 아프리카는 선교지의 상징이었다. 처음 내게 선교 사역을 제안한 한 선교사는 에티오피아에서 일했다. 그는 내게 "아프리카에는 공부할 수 없는 아이들이 많으니 함께 가자"고 제안했다. 그때 나는 아프리카를 입에 올렸으나 막상 떠나지는 못했다. 이후 이곳저곳 옮겨 다니다 마침내 오게 된 곳이 아프리카이다. 이제야 숙제를 한 것이다.

우간다 쿠미대학교에서 함께 일하자고 제안해 왔을 때는 마침 인도 북동부에 가려다가 체류가 어려워 고민하던 차였다. "아프리카는 너무 멀고 낯선 곳이며 각종 풍토병과 사회 불안정 때문에 걱정된다." 아프리카를 말하는 내게 사람들은 이렇게 이야기했다. 나는 쿠미대학교에 가면 장차 교사가 될 학생들을 만날 수 있다는 말로 그곳에 가야 할 이유를 설명했다. 하지만 머릿속에는 처음 본 엘곤산 수암 골짜기의 풍경이 떠올랐다.

평소 "인생은 결과가 아닌 과정"이라고 생각해 왔으나 이후 공립학교를 그만둘 때쯤 폴 투르니에의 책을 읽고 "인생은 모험"이라고 새롭게 정의했다. 일반적으로 모험을 시작하는 순간, 우리는 대부분 아마추어가 된다. 모든 것이 새롭고, 많은 것을 새로 배우고 익혀야 한다. 경력자의 말을 유념하고 새로 시작한 일과 낯선 곳을 예의 주시하며 관찰해야 한다.

아프리카에서
부르는 바람의
노래

모험은 새로 배우고 경험해야 할 것들을 준다. 그것이 내가 늘 모험을 시도한 이유다. 그러나 다른 한편 두려움도 극복해야 한다. 하지만 그보다 앞서 새로 경험을 한 것들은 언제나 나의 기존 지식이나 사고의 틀을 넘어서는 생경한 느낌을 갖게 한다. 잘 극복해야 좋은 모험이 될 수 있다. 과거와 다르게 7년 전 나는 마지막 모험이 될 수도 있다고 생각하며 우간다에 왔다. 이 새로운 모험 앞에서 '익숙해지면 떠난다'는 과거 나의 모험가 정신은 묻어 두기로 했다. 이미 나이가 60 가까이 되었기 때문이다.

우간다 생활은 다른 곳에서 새로 정착할 때와는 사뭇 달랐다. 우간다 사람들의 외모는 나와 매우 달랐다. 피부를 그을리고 수염을 길러서 이들과 비슷하게 보이려고 노력해 봤지만 소용없었다. 몸에서 나는 냄새도, 먹는 것도 달랐다. 가는 곳마다 다른 부족 언어를 사용하기 때문에 언어를 통해서 친숙해지는 것도 쉽지 않았다. 몇 마디 영어로 짧은 의사소통은 가능하지만 제대로 된 소통은 어려웠다. 눈에 보이지 않지만 뚜렷한 경계선이 있어서 이곳에 사는 내내 이방인이라는 것을 인식하며 살아야 한다.

3월에 도착하여 5월에 시작되는 학교 일을 하기 전까지 아내와 나는 임시 주거지에 살림을 사다 나르며 다른 선교사들과 국제 NGO 젊은이들과 즐겁게 지냈다. 같이 예배를 드리고 엘곤산에 올라가 시원한 폭포와 신선한 공기, 커피를 즐겼다. 처음 거주하게 된 음발레에는 테니스장이 있었는데 여기서 젊은이들과 열심히 체력도 단련했다. 내가 가는 곳에서는 공통적으로 몇 가지 부흥이 있었

아프리카에서
부르는 바람의
노래

는데 그중 하나가 테니스였다. 이런 운동 모임은 다른 영역에도 영향을 미쳐 일을 괜찮게 만드는 요소가 된다. 남자들에게는 특히 더 그렇다.

이곳에 이렇게 아름다운 들녘이 있을 줄 몰랐다. 해발 2500미터 구릉에 양배추와 양파를 심은 밭이 있다. 우기를 기다리며 갈아 놓은 밭과 그 너머로 우거진 엘곤산 정글, 갈라진 계곡, 밭고랑 사이에 핀 들꽃이 그림같이 눈앞에 펼쳐졌다. 폭신하게 깔린 붉은 흙을 밟고 한참을 올라갔다. 올라갈수록 훤하게 뚫린 경관과 맑은 공기, 고즈넉히 놓인 언덕….

나는 이렇게 테라 로사보다 붉은 땅 아프리카에서의 생활을 시작했다.

깊이 흔들리고, 깊이 멈추고

마타투와 보다보다

학교에 도움이 되자는 뜻에서 부총장 일을 시작했다. 쿠미대학
교 교육학부는 아직 내가 가르칠 만한 상황이 아니었다. 내 영어 실
력도 문제거니와 학교 전체가 마치 '깨진 그릇'같아 보였기 때문이
다. 먼저 그릇에 내용물을 담을 수 있게 해야 했다. 재정과 행정을
담당하는 부총장 자리가 공석이어서 그 역할을 자원했다. 공립학교
를 그만두면서 다른 사람 수하에서는 일하지 않는 것이 좋겠다고
생각했지만, 이번 경우는 내가 이곳을 잘 모르기도 하거니와 해야
할 기본적인 일들이 눈에 보였다. 이는 학교의 필요이기도 해서 자
연스럽게 인터뷰 과정을 거쳐서 임명이 되었다. 사무실도 없는 부
총장이었으나 그런 것은 문제가 되지 않았다.

출근하면 가장 먼저 학교를 청소하며 돌아다녔다. 동시에 학교
건물 상태와 교직원들의 근태를 살폈다. 교실에 책걸상이 별로 없
고, 여기저기 유리창이 깨져 있으며, 화장실은 냄새나는 재래식이
었다. 교정은 정리가 안 되어 있고 쓰레기가 널려 있었다. 무엇보다

학기 중인데 학생들이 별로 보이지 않았다. 물론 가르치는 교수가 누구인지, 무엇을 어떻게 가르치는지도 알 수 없었다. 기능을 제대로 못하는 빗물받이 물탱크과 물받이통, 공사가 중단된 건물, 정글에 가까운 캠퍼스 내 유휴지들이 눈에 들어왔다. 출근하면 거의 매일 쓰레기 담을 수레를 끌고 학교를 돌아다니니까 부총장이 왜 이렇게 학교를 돌아다니느냐는 항의성 질문이 들어왔다.

아무렇게나 쌓여 있는 서류를 넘겨보니 '유리창을 갈아 끼워야 한다', '책걸상이 필요하다' 등의 논의는 5년 전에도 있었다. 도서관에는 먼지 쌓인 책이 수백 권씩 굴러다니고 IT학과에는 컴퓨터도 몇 십 대밖에 없었다. 업무용 컴퓨터도 부족하고 컴퓨터를 개인 소장한 교수도 몇 없었다. 다행인 것은 교직원들이 이 문제를 인지하고 있었고, 학생들도 이런 상황에서 묵묵히 학교생활을 하고 있다는 것이었다. 문제는 교직원들과 학생들의 불만이 휴화산처럼 표면 아래서 끓고 있다는 것이었다. 교수들은 밀린 월급과 지불되지 않는 과외 수당이 불만이었다. 이미 일부 임시직 교수들은 강사료와 교통비 미지급을 이유로 수업을 하지 않고 있었다.

기숙사를 둘러보았다. 방 하나에 여섯 명이 기거한다. 담당자는 기숙사 전체 인원이 몇 명인지 답하지 못한다. 학교는 공간과 철제 침대만 제공하고 매트리스, 담요, 모기장 등은 개인이 준비한다. 기숙사 근처에 외부 화장실과 샤워 공간이 있으나 물이 없다. 빗물받이 통에서 길어서 써야 한다. 음식을 해 먹을 장소도 따로 없어서 일부 방에는 숯불 화로와 취사도구가 있다. 여학생 기숙사 샤워장은 닫혀 있다. 물이 없으므로 냄새 방지를 위해서 아예 막아 놓았다. 물이 부족해서 그런지 빨래가 널려 있는 것도 잘 볼 수 없다. 무엇을 먹고 어떻게 생존하는지도 잘 모르겠다.

너무 멀리 왔다는 느낌이 든다. 지리상으로도 멀지만 심리적으로는 더 멀다. 생김새와 얼굴빛은 두 달 만에 좀 익숙해졌지만 아직 이들의 삶과 생각은 내게 매우 낯설다. 극심한 가난도, 그 가난 때문에 보이는 그들의 태도도 나는 힘들다. 나는 친구를 찾고 싶은데 그들은 돈을 찾는다. 늘 대화 끝에 나오는 돈 이야기가 마음을 상하게 한다. 사람들은 경계하는 눈초리를 보내며 어딘가로 숨는다. 인사과장은 학교 건축비 문제로 징계 중이고 병원 매니저도 약품과 돈을 들고 어디론가 사라졌다는데 내게는 아무도 그런 말을 하지 않는다. 쓴 커피 한 모금이 내 마음과 비슷하다.

당시 나는 음발레에 거주 중이었기 때문에 약 60킬로미터 거리를 대중교통으로 출퇴근했다. 이동 수단은 마타투와 보다보다였다. 음발레에서 쿠미타운까지는 마타투를 이용한다. 마타투는 9인승이나 12인승 크기의 밴이다. 하지만 여기서는 20명을 태운다. 많이 태워야 차비가 싸다. 20명을 다 채워야 출발하기 때문에 긴 시간을 기다려야 할 때도 있다. 보통 세 명이 앉는 자리에 네 명이 앉기 때문에 옆자리에 앉은 승객과 몸이 밀착될 수밖에 없다. 하지만 나는 이런 상태가 매우 편안하다. 같이 흔들리고 같이 멈추고, 안쪽 손님이 내리려면 몸을 비틀어 공간을 내주거나 내렸다가 다시 타야 하지만 이 사람들과 몸을 부비면서 뭔가 느껴지는 것이 있었다.

쿠미타운에서 학교까지 약 8킬로미터는 보다보다로 이동한다. 보다보다는 오토바이 뒤에 타고 가는 것이다. 비포장 흙먼지 길을 운전수 등 뒤에 바짝 붙어서 가는데 오토바이 뒤쪽을 요령 있게 잘 잡지 않으면 운행 중에 떨어질 수도 있다. 내가 이런 식으로 출퇴근 하는 것을 사람들은 걱정했으나 나는 재미있었다. 아침저녁으로 차비를 흥정하는 것이 쉽지 않아서 넉넉하게 계산해 둔 차비를 주었다.

마타투와 보다보다는 아프리카의 삶을 잘 대변해 준다. 우선 다니는 시간이 일정하지 않다. 아예 시간 개념이 없다. 그래도 사람들은 잘 참고 잘 기다려 준다. 땅도 넓고 하늘도 넓어서 그런 것 같다. 보채거나 큰소리치는 사람이 없다. 다른 사람의 잘못을 잘 용서해 주는 관용적인 태도가 미덕이다. 태생적으로 신속하지 않으면 조바심을 내는 나 같은 사람은 이들의 삶을 잘 이해하지 못한다.

이따금 마타투 안에서는 큰 소리로 전도하는 사람도 있다. 어찌나 재미있게 이야기하는지 사람들은 손뼉을 치고 웃으며 때로는 잘한다고 돈을 쥐어 주기도 한다. 연장자는 좀 더 편한 자리를 양보받기도 한다. 지붕과 짐칸 바깥쪽에는 각종 물건을 얹고 매단다. 의자 밑에는 닭을 넣어 두기도 한다. 보다보다 역시 못 태우는 것이

없다. 사고가 잦아서 문제지만 연료비가 적게 들고 손쉽게 이동할
수 있다는 장점이 있다.

　세례 요한이 사람을 시켜서 예수께 여쭈었다. "오실 그이가 당
신이오니이까?" 그러자 예수께서 말씀하셨다. "너희가 가서 듣
고 보는 것을 요한에게 알리되 맹인이 보며 못 걷는 사람이 걸
으며 나병환자가 깨끗함을 받으며 못 듣는 자가 들으며 죽은
자가 살아나며 가난한 자에게 복음이 전파된다 하라."
　그분은 이미 오셨고 많은 사람이 그를 따른다고 말한다. 하지

▲ 최대한 많은 사람을 태워야 출발하는 우간다의 교통수단 마타투이다.

아프리카에서
부르는 바람의
노래

만 여전히 사람들은 가난하고, 병든 사람은 치료받지 못하고 죽어 가고, 보지 못하는 사람은 눈을 감고 있다. 주여!

보다보다를 타고 가다 큰 비를 만나서 흠뻑 젖고 안경을 잃어버린 적이 있다. 중간에 연료가 떨어져서 멈춘 적도 있다. 그때 나를 태워 주었던 그 보다보다맨은 지금도 나를 보면 손짓하고 싱긋 웃는다.

집에 갈 때 비를 쫄딱 맞았다. 길가 집 처마 밑에서 비를 피했지만 비바람이 거세서 많이 젖었다. 비가 그치고 집에 가는 동안 젖은 옷을 입고 있어서인지 으스스하고 머리도 멍하면서 몸 상태가 안 좋아졌다. 이곳 사람들은 비가 올 조짐이 있으면 후다닥 어디론가 사라진다. 나처럼 몰라서 비를 맞지는 않는다. 아프지만 않는다면 비 맞고 걷는 것도 괜찮다. 하지만 이렇게 거센 비는 낭만적이지 않다. 아무튼 매우 오랜만에 비를 맞고 젖었다.

마타투를 타는 것은 좋았다. 보다보다를 타면서 흙먼지를 뒤집어쓰고 비를 맞는 것도 괜찮았다. 하지만 학교 상황은 그렇지 않았다. 귀한 학생들을 데려다가 이런 환경에서 교육하는 것이 마음에 걸렸다. '명색이 한국 사람이 운영하는 학교인데 어서 방법을 찾아야겠다'는 생각이 스멀스멀 올라왔다.

◀ 오토바이를 이용한 교통수단 보다보다이다.

그래도
희망은 교육

이곳은 희망과 절망이 공존하는 곳이다. 교육 환경은 절망적이
지만 수업하는 교실을 보면 그래도 희망이 생긴다. 물건 값을
올려 부르고 주어진 일을 미루는 사람들, 이 아름다운 자연을
쓰레기와 함께 방치하는 사람들을 보면 절망감이 들지만 교실
에서 공부하는 학생들을 보면 희망이 보인다.

1999년, 쿠미대학교가 세워졌다. 그날 모세가 등록했다. 유
일한 학생이었다. 대학교에 정식 이름이 생기기 전 류형렬, 이민
자 부부 선교사는 이곳 은예로에 아프리카 리더스 훈련 센터(Africa
Readers Training Center)를 열었다. 이후 지역사회는 정부와 협력해서
이들 한국 선교사들에게 초등학교와 중학교, 고등학교, 대학교 부
지를 기증했다. 조이초등학교(Joy Primary School)와 은예로반석고등
학교(Nyero Rock High School), 쿠미대학교(Kumi University)는 이렇게
해서 세워졌다. 우간다에서도 빈곤지역인 이곳은 불과 7년 전에 새

▲ 우간다의 한 초등학교 학생들이 다같이 손을 들고 있다.

정부가 생기는 과정에서 많은 사상자가 생긴 곳이다. 그 위에 학교가 세워졌다. 쿠미대학교는 새로 생겨나는 학교에 교사를 공급하기 위해서 사범대학을 먼저 개교했고, 이때 한국의 전주대학교에서 도움을 주었다.

류형렬, 이민자 선교사는 빈민촌에 학교를 세우겠다고 결심하고 이곳에 도착하자마자 우간다 전역을 돌아다녔다. 그리고 전쟁의 상흔이 남아 있는 은예로에 교육기관을 설립하기로 했다. 다행히 지역사회 인사들이 동의해 주어 기아와 빈곤을 퇴치하고 사회 재건을 목표로 학교를 세우게 되었다. 아마 빈곤을 해결하려는 목적으로 대학교를 세운 것은 유래가 없을 것이다. 교육적 기반이 별로 없는 상태에서 초등학교는 김순옥 선교사가, 중·고등학교와 대학교는 류형렬 선교사가 맡았다. 중·고등학교는 코미디언 고(故) 구봉서 장로의 도움으로 건물을 지었고, 쿠미대학교는 전주대학교와 전주 지역 교회들이 나서서 도움을 주었다. 대학교를 연 해인 1999년은 한국에 IMF 한파가 불어 닥쳤을 때다. 다른 사람을 돕기 힘든 때에 도움의 손길을 멈추지 않은 이들이 있어 우간다에 대학교를 세울 수 있었다.

그로부터 19년 후, 나는 이곳에 도착했다. 그동안 일구어 온 소박하면서도 정감 있는 교정에서 선임 선교사들의 손때 묻은 흔적을 보았다. 그러나 시대가 많이 변했고 시시각각 발전하는 우간다와 비교해 보면, 쿠미대학교는 대학이라고 부르기에 부족한 점이 많아 보였다. 대학 운영에 필요한 기반을 구축하기 어려운 깊은 시골에

아프리카에서
부르는 바람의
노래

학교를 세워 지금까지 애써 운영해 왔지만 이런 시골에서 대학을
운영하는 것 자체가 처음부터 엄청난 모험이었다.

내가 처음 만난 학생들은 계절제로 학사과정을 공부하는 초
등학교 교사들이었다. 우간다는 학제상 초등학교 교사 양성기관인
PTC(Primary Teachers College)가 고등학생들의 직업 교육과정으로
분류된다. 고등학교 2, 3학년 나이에 PTC에서 공부하고 바로 초등
학교 교사가 되는 것이다. 우리 학교는 초등학교 현직 교사들의 상
위 학력 취득을 제공하는 학교로서 Diploma(2년)와 Degree(3년)
과정을 개설해 놓고 있다. 이들은 초등학교 방학 기간에 우리 학교
에 와서 공부한다.

교실은 대단히 활기차다. 교수는 칠판 가득 판서를 하고 발표
와 토의, 노래로 교실이 떠들썩하다. 조는 사람은 물론 없다. 거의

▲ 쿠미대학교의 한 강의실에서 수업 중인 모습이다.

45

대부분 눈빛이 반짝인다. 나이가 상당히 들어 보이는 학생도 있다. 학교로 돌아가면 더 잘 가르칠 수 있다는 기쁨이 있을 것이다. 아울러 이 과정을 이수함으로써 신분이 상승된다는 기대도 있는 것 같다.

쿠미대학교는 교육 분야에서 독보적인 학교지만 인근 고등학교를 빌려서 수업을 하는 등 부족한 교실과 식수, 불편한 숙소 등의 문제가 있다. 대학 캠퍼스에서 공부하지 못하고 방학 중인 고등학교 교실과 시설을 빌려서 수업을 하고 있으니 불편한 것이 얼마나 많을지 미안한 마음이 컸다.

내가 초등학교 교사였다는 말을 하면 이들은 박수를 친다. 자신들의 형편을 공감할 수 있는 사람이라서 반갑다는 뜻이다. 그러나 그것뿐 달리 해줄 수 있는 것이 없다. 어렵사리 방학에 시간을 내서 공부를 하는 그들의 열정에 부응할 좋은 시설도 없고, 잠자리며 먹는 것도 제대로 제공하지 못하는 것을 지켜볼 수밖에 없었다.

밤새 학생들과 회의하는 꿈을 꾸었다. 엊저녁 아내와 함께 바위산에 올라가서 보았던 그 맑고 청아한 달빛과 이 아름다운 자연 속에 사는 우간다 사람들은 견뎌야 할 것이 많다. 교직원 협의회와 학생회에서 보내오는 서신들을 보면 도서관 시설 정비와 학교 버스 운행, 의료 처치, 전기 공급, 남녀 화장실 전등 설치, 학교 수업 공간 확보, 기숙사 시설 보완, 학생증과 학생 가운 제공 등에 대한 요구가 많다. 그러나 현재 내 입장에서는 이들의 어려움을 공감해 주는 것 외에 달리 할 수 있는 것이 없다. The Cross is not big than Our Lord! 그분이 지혜도, 해결 방법도 주시겠지.

처음 입학한 모세는 지금 조이초등학교의 총 관리자로 일한다. 조이초등학교는 우간다의 명문 초등학교로 정평이 나 있는데 그것은 김순옥 선교사와 모세의 협업 덕분이다. 현지 사정을 잘 알면서 관리 능력과 미래를 향한 안목을 가진 모세의 삶은 그래도 교육에 희망이 있다는 것을 보여 준다.

구례네 사람,
시몬

"하나님은 저희가 감당하지 못할 시험을 허락하지 않는다고 하셨는데, 그렇다면 하나님은 저를 너무 과대평가하시는 것 같습니다." 20년 전 고등학교 2학년 윤찬이가 수업 시간에 써 낸 글 중 일부이다.

부총장의 역할이 무엇인지도 잘 모른 채 몇 개월의 학교생활이 지나갔다. 어느 날 학교 이사장 부부를 만난 자리에서 현임 총장 임기가 끝나가니 차기 총장을 부탁한다는 제안을 받았다. 생각해 볼 여지도 없이 나는 손사래를 쳤다. 학교를 책임지고 운영하는 막중한 일을 능력이 안 되는 내가 할 수는 없었다.

능력이 안 된다는 말은 사실이다. 우선 나는 영어로 자유롭게 의사소통을 하지 못한다. 학교의 모든 행정 처리를 영문서로 처리하기 때문에 이 부분은 분명 결격사유가 된다. 또 나는 대학에서 일해 본 경험이 없다. 더군다나 여기는 우간다이다. 우간다의 교육 체제, 교육부 산하 대학 운영 방침과 관행도 모른다. 무엇보다 이들의 문화와 역사, 가치도 잘 모른다. 그러니 내가 어떻게 이들을 관리하며 학교를 운영한단 말인가. 대학의 선명한 방향과 목표도 필요하고 그에 따른 전략도 필요하다. 쿠미대학은 작은 규모의 학교가 아니다. 역사가 없는 것도 아니다. 그러니 대학 운영 과업을 내가 맡는다는 것은 얼토당토않은 일이다. 근 20년 동안 훌륭한 분들이 운영하다 어려워진 학교를 내가 어떻게 운영한다는 말인가.

게다가 부총장으로서 학교를 곁눈질하면서 들여다본 결과, 당면한 문제들은 내가 처리할 수 있는 수준을 훨씬 넘어선다. 우선 학교 리더들과 회의를 진행하면서 학교 운영의 방향을 정하고 추진해 나가야 한다. 매달 제대로 주지도 못하는 교직원 월급, 건축 회사와 법정 소송 중인 과학관 공사, 학생 모집, 기세등등한 교육부 직원 응대 등은 외국인에게 벅찬 일이었다. 학교 운영상의 문제도 한두 가지가 아니었다.

이런 이유들로 나는 이사장의 제안을 단번에 거절했다. 하지만 나의 거절은 재고를 부탁하는 것으로 되돌아왔다. 총장을 할 사람이 전혀 없는 것은 아니었다. 하지만 이들은 언젠가부터 학교 운영을 내가 해야 한다고 생각하고 있었던 것 같다. 결국 나는 다시 생각하기 시작했다. 왜 내가 해야 하는가? 한다면 무엇을 어떻게 할 것인가? 불가능한 일에 가능성을 타진해 보는 일은 고통을 수반했다. 나는 자유로운 영혼이고, 과거 학교를 운영했던 경험은 즐거운 기억으로 남아 있지 않았다. 더구나 이 학교는 규모와 환경, 함께 일하는 사람들이 모두 낯설고 어려운 경우다. 대학교 총장이라는 격에 안 맞는 감투를 쓰는 대가가 어느 정도일지 상상이 되지 않았다. 학교를 운영할 수는 있겠지. 하지만 과연 몸 바친 성과가 있을까?

8월에 시작된 이야기는 12월이 되도록 결론이 나지 않았고, 1월에 우리 부부를 파송한 교사선교회와 이 일을 의논했다. 대부분의 주요 간사 역시 우려를 표명했다. 일부 꼭 필요하다면 해야 하지 않겠느냐는 반응도 있었으나 결국 결정은 나의 몫이었다.

이 일로 눈을 감으면 그동안 내가 해왔던 일과 그 모든 과정에 부어진 그분의 은혜가 생각났다. 내가 감히 할 수 없었던 일에 대해서 그분은 늘 기대 이상의 결과로 나를 격려하셨다. 그래서 사실 나는 실패가 거의 없는 인생을 살았다. 엄청난 성과를 기대했다면 모를까 적어도 내가 생각하고 해온 일에 대해서 항상 나의 기대치를 훨씬 웃도는 성과가 있었다. 이번에도 그렇게 하실까? 그분은 분명히 그렇게 하실 것이다. 하지만 그 과정이 너무 힘들지는 않을까?

나는 고민 끝에 '지금 당장 일할 사람이 없으니 내가 대신 맡아서 하겠으나 가능하면 빨리 새로운 총장을 선임해 달라'는 것을 조건으로 걸고 쿠미대학교 총장직을 수락했다. 나의 능력과 어려운 상황을 뒤로하고 "내가 세상 끝날까지 너희와 항상 함께 있으리라"(마 28:20)고 말씀하신 그분의 약속을 한 번 더 의지하기로 했다. 이 일을 결정하기 전에 보았던 TV 드라마 〈미스터 션샤인〉의 영향도 있었다. "그만두는 것은 언제든 할 수 있으니 가는 데까지 가 봅시다." 독립운동을 하던 여자 주인공이 남자 주인공에게 한 말이다. 여전히 나의 기도는 "할 수만 있거든 이 잔을 내게서 옮기시옵소서"였지만 그 뒤에 예수님이 하신 기도는 덧붙이지 못했다. "그러나 내 뜻대로 마옵시고 아버지의 뜻대로 하옵소서."

이 십자가를 지고 거기서 죽을 생각은 아니었다. 쓰러져 가시는 예수님을 대신해서 잠깐 동안 십자가를 진 구레네 사람 시몬의 역할을 하겠다는 것이었다. '저 언덕까지만 가자.' 이 결심을 하는 것도 그렇게 어려웠다. 당시 시몬이 어떤 생각으로 십자가를 졌는지는 잘 모른다. 거부할 수 있었는데도 진 것일까? 군병들의 칼과 창이 무서워서 얼떨결에 진 것일까? 여하튼 나는 십자가를 잠시 지기로 한 시몬이 되어 정말 십자가를 지고 가다가 죽을 그 누군가를 기다리기로 했다.

과세도가

총장을 맡으면서 이곳에서 학생들을 가르치며 함께 놀고 싶다고 생각한 것은 뒤로 미루어 두어야 했다. 여기 있는 신학부 목사와 교목, 대학 농장에서 일하는 교수는 모두 사람을 키우는 것을 목적으로 하고 있었다. 목회자와 축산업 인력, 교육자를 키워 이 나라의 지도자를 만드는 것을 목표로 모여든 사람들이니 나는 그들이 일을 잘할 수 있도록 돕자고 생각했다. 좋은 시스템에서 사람을 키우도록 누군가는 관심을 갖고 정비를 해야 한다.

내가 총장 직무를 수행하는 것이 기정사실처럼 되어 간다. 달리 표현하면 내가 쿠미대학교를 사랑하는 일이 시작되는 것이다. 사실 나는 늘 학교와 연애를 해왔다. 태어나기는 했는데 비틀어진 성장으로 아파했던 학교, 그 안에 있는 선생님과 아이들과 연애를 해왔다. 그리고 그 사랑은 내게 즐거움이기도 하고 아픔이기도 했다. 그 연애도 시작과 달리 아픈 경우가 많아서 다시는 그 아픈 사랑 속에 뛰어들지 않으려고 했는데 다시 그 열병 같은 사랑의 소용돌이 속으로 들어가고 있다. 결국 나는 다시 학교에 와 있고 이번 겨울이 지나면 그 소용돌이의 중심에서 정신을 잃을지도 모른다. 그리고 그때는 누구를 원망할 수도, 불평을 늘어놓을 수도 없게 된다. 내가 선택한 것이므로 내가 책임져야 한다. 한 집안의 가장으로서 어떻게든 살림을 꾸려 가야 한다.

내가 총장을 맡기로 하고 선임 절차를 밟는 도중에 우간다 교육부에서 쿠미대학교 폐쇄 경고장을 보내왔다. 아니 일간지에 공고를 내면서 이 사실을 우간다 전역에 알려 버렸다.

최근 내가 가장 많이 들은 단어는 정식 허가(Charter)다. 새 학기 들어 첫 출근을 한 오늘 아침부터 오후 내내 사람들은 이 이야기만 했다. 고등교육위원회(NCHE)가 정식 허가를 받지 못한 32개 대학의 이름을 신문에 게재하면서 연내에 시정 조치나 변화가 없으면 학교를 폐쇄하겠다고 발표했기 때문이다. 우리 학교는 32개 대학 중 두 번째 순서에 이름이 올랐다. 폐쇄 대상 2순위 학교. 올해 우리 학교는 설립 20주년이고 임시 허가(Provisional License)를 받은 지 15년이 되는 해다. 그동안 여러 시도를 했겠지만 아직 정식 허가를 받지 못한데다가 최근 몇 년은 거의 취득 시도도 하지 못하고 덮어 둔 상태다. 아마도 고

아프리카에서
부르는 바람의
노래

등교육위원회의 학교 평가는 최악일 것이다. 한국 선교사가 세워서 운영하는 학교로서 자존심 상하고 부끄러우며 미안한 일이다.

공고가 났다고 해서 학교가 바로 문을 닫는 것은 아니다. 하지만 절대로 가볍게 넘길 사안이 아니기에 대책 회의를 열었다. 당시에는 이 공고가 얼마나 큰 파급효과를 가져올지 미처 몰랐다. 학교가 망할 것이라는 소문이 돌면서 우리 학교의 기둥인 사범대학 입학생이 줄었다. 무상으로 교육하는 농학과와 신학과, 난민 캠프에서 오는 학생들은 신입생이 모였지만 IT학과, 사회학과, 경제학과에는 입학생이 별로 없었다. 3년제 학부에 신입생이 거의 오지 않으니 전교생 수가 600여 명으로 줄었다. 당장 교직원 월급을 줄 일이 걱정되었다. 총장이 되고 나서 안 사실이지만 학생이 줄지 않았을 때도 교직원 월급이 두세 달 밀리는 것은 다반사였다. 이런 경우 월급의 일부를 주면서 버텼다. 비정규직 교수의 강사료는 학기별로 모아서 한 번만 지급했는데 이조차도 제대로 주지 못해서 새 학기 수업이 시작될 때면 늘 학사 운영의 중요한 이슈가 되었다. 이후에 들려오는 소식들은 더 충격적이었다.

학교에는 9억 실링의 빚이 있다. 학교에는 새 강당이 필요하고 현재 법원에 계류 중인 과학관 건축은 법적 문제를 풀고 완성해야 한다. 올해는 학교 설립 20주년 행사도 준비해야 한다. 신

◀ 쿠미대학교 입구이다.

입생 모집도 중요하다. 새로 시작하는 농학과와 신학과는 전액 장학금으로 운영되므로 후원자를 발굴해야 한다. 세종학당 설립을 추진하고, 멈춰 서 있는 대학 버스의 대출금 문제도 해결해야 한다. 미국과 한국에서 책을 컨테이너로 실어 와야 한다. 인력 구조를 개편하고 예산을 증액해야 한다. 학교 이사진과 운영위원회 위원을 새로 임명해야 한다. 학력인증(Accreditation) 작업이 필요하다. 정식 허가 취득을 위한 구비 목록이 필요하다.

소용돌이치는 나일강가 어느 오두막에서 이사장과 전임 총장이 합석하여 대책 방안을 논의했다. 어렴풋이 짐작하던 내용을 구체적으로 확인하면서 어떻게 반응해야 할지 몰라 듣고만 있었다. 어느 것 하나 만만한 사안이 없었다. 총체적으로 내가 해결해야 할 짐이 너무 무거웠다. 재정 적자 9억 실링은 한화로 3억 원에 불과하지만 체감상 적어도 30억 원은 되는 돈이다. 대학교로 인정은 되었으나 학과별로 5년마다 한 번씩 해야 하는 승인 작업은 쌓여 있다. 이 또한 교육부에 지불해야 할 비용과 연관되어 있다. 주요 보직자 회의를 해도 해결책이 나오지 않는다. 해결책이 있어도 돈이 없어서 추진하지 못하는 경우가 대부분이다. 누구도 책임을 진다고 말하지 않고, 그나마 있는 인력도 제대로 활용하지 못하는 상황이다.

인생에서 몇 번의 고비를 넘겼다. 그런데 이번 경우는 좀 다르다. 교육대학을 졸업하고 첫 발령지인 섬으로 떠날 때와 부산

으로 임지를 옮길 때, 그리고 파푸아뉴기니로 떠날 때는 가족을 데리고 낯선 세계로 가는 것에 대한 두려움이 있었다. 그 이후 고비들은 점점 강도가 더해졌다. 공립학교에 사표를 내고 대안학교로, 다시 필리핀으로, 그리고 인도를 거쳐 이곳 우간다까지 오는 동안 내내 긴장과 두려움은 있었다. 그러나 그 동안의 경험에 비추어 비교적 낭만적으로 생각한 우간다에서 치명적인 복병을 만났다.

총장 직무를 받아들이자 임명 절차는 빠르게 진행되었다. 전임 총장 임기가 6개월도 더 남은 상황에서 재단 운영위원회는 나를 총

▲ 빈 강의실에 책걸상이 아무렇게나 놓여 있다.

장으로 임명하고 이후 진행될 일을 모두 나에게 맡겨 버렸다. 총장
직을 정식으로 시작하기도 전에 직무가 시작된 것이다. 임명 날짜
는 2019년 4월이었다. 예수께서 베드로에게 "띠 띠우고 원하지 아
니하는 곳으로 데려가리라"라고 하신 말씀이 내게 적용되고 있었
다. 내 앞에 놓인 많은 문제 앞에서 나는 윤찬이의 기도를 똑같이
되뇌었다. "하나님, 저를 너무 과대평가하시는 것 같습니다."

어둠이
드리우다

학교 폐쇄 공고의 여파는 생각보다 컸다. 항간에는 쿠미대학교가 망할 거라는 소문이 떠돌았다. 재학생들이 다른 학교로 간다는 이야기도 있었다. 학교에서는 이런 사태를 막기 위해서 대책 회의를 열었다.

우선 학교 도서관 기공식을 하면서 사람들의 불안 심리를 달랬다. 연말로 예정된 총장 이취임식도 당겨서 했다. 하지만 3월이 되고 새 학기가 시작되었는데도 학생들이 학교에 오지 않았다. 늦어도 2주 정도 지나면 수업이 시작되었는데 그 해에는 그럴 수 없었다.

새 학기가 시작되었는데 학교에는 학생과 교수가 안 보인다. 새 학기에 대한 긴장감으로 학교에 갔으나 그럴 필요가 없는 일이었다. 다음 주에는 수업을 시작할 수 있을까? 왜 이런 현상이 생겼는지 생각해 볼 일이다. 내일은 교직원 전체 회의를 주선해 놓았는데 몇 명이나 올지 미지수다. 클리닉에 한국에서 보내온 약품을 옮겨 놓았는데 없어질까 봐 걱정이다.

학생들이 상황을 살피며 새 학기 등록을 늦추었고, 그러면서 학교는 재정이 더 어려워졌다. 새 학기가 시작되면 교수들 월급은 줄 수 있었는데 이번에는 그렇지 않았다. 총장이 된 나는 밀린 월급을 주기 위해서 대학교 운영 주체인 국제사랑의봉사단에 도움을 요청했다. 월급이 밀리는 일은 부총장 때도 있었으나 총장이 되고 나니 이런 상황을 견디는 것이 몹시 힘들었다.

학교가 월급을 주지 못하니까 여기저기서 신음소리가 들려온다. 집세를 못 내서 길거리에 나앉게 되었다는 직원, 집에 있는 아이들과 아내가 먹을 것이 없다고 울먹이는 사회과학대 직원, 아이들 학비가 없어서 학교에 못 보내고 있다는 클리닉 간호사, 갑자기 아파서 병원에 갈 돈이 필요하다는 교육학부 학장, 월급을 받아봤자 어차피 은행에서 대출 이자로 다 가져가 버린다고 푸념하는 사람…. 등록금을 못 내서 슬픈 얼굴로 찾아오는 학생도 많다. 이 사무실에 앉아서 나를 찾아오는 사람들의 이야기를 들어주는 것은 고통이다.

어떻게든 급여를 지급하지 않으면 이들의 생존이 위협 받는다. 그리고 나는 총장으로서 할 말이 없는 상황이 된다. 물론 학생들이 등록을 늦게 하거나 그만두어서 재정이 없다는 핑계를 댈 수도 있다. 적어도 교직원들 월급은 학생들 등록금으로 충당하자는 취지가 있었으니 교수들에게도 책임이 있다고 말할 수도 있다. 하지만 이제 막 총장직을 시작한 나로서는 할 만한 일을 해야 했다. 내 통장에 들어온 선교비와 장학 후원비를 모아서 일단 직원들 월급을 주었다. 그리고 5년마다 해야 하는 교직원 고용계약을 모두 갱신했다.

어제오늘 교수들을 만나서 고용계약을 했다. 직접 만나서 그들의 견해도 듣고 내 생각을 말하는 것은 번거롭지만 이들을 알아야 하는 내게는 꼭 필요한 일이다. 놀라운 사실은 교육학부 교수들 중 일부가 우리 학교와 다른 학교에 복수로 일하고 있다는 것이다. 양쪽 학교에 3일씩 출근하면서 가르친다니 대단한 능력이다. 그리고 이미 이런 일을 6, 7년째 유지하고 있다고 한다. 더 놀라운 사실은 학과장과 학교도 이 사실을 묵인하고 있다는 것이다. 교육학부에 문제가 많다는 이야기가 왜 나오는지 알 것 같다. 정교수 열 명 중 두 명은 고령자이고, 일부는 아직 석사 학위(M. A.)를 가지고 있지 않으며, 일할 만한 나이에 있는 교수들은 투잡을 뛰고 있다.

우리 학교만 이런 상황에 처한 것은 아니었다. 공무원을 포함한 사람들이 대부분 이중직을 겸하고 있었다. 국가에서 월급이 적으니 이런 일을 허용하는 것인지, 일할 만한 고급 인력이 적으니 용인하는 것인지는 알 수 없지만, 교육 공동체로서 같은 가치를 함께 추구해 가는 과정이라고 보기 어려웠다. 이는 학교 운영 효율이 떨어지는 이유 중 하나다.

고용계약 갱신은 나도, 직원들도 긴장되는 시간이다. 재계약이 되지 않은 직원들은 일용직이 될 수도 있기 때문이다. 계약이 성사되면 이들은 이 계약서를 들고 은행에 가서 대출을 받는다. 이 계약서는 연이율 20퍼센트가 넘는 대출의 담보가 된다.

존폐 위기에 몰린 학교도 임시 허가 상태라는 불안한 상태에 놓여 있다. 그러나 갱신 조건은 훨씬 까다롭다. 요구 조건 목록이 거의 책 한 권으로 나와 있는데 교내 교육시설, 교직원 구성과 자질, 학생 수 등의 영역에서 요건이 굉장히 까다로웠다. 50여 대학 중 정식 허가를 받은 학교는 당시 15개밖에 되지 않았다. 그러나 요건을 채우고 정식 허가를 받아야 하는 것은 분명한 일이다. 그래야 석·박사 과정을 개설할 수 있고, 학교를 안정적으로 운영해서 학생도 많이 모집할 수 있다. 나는 교직원들이 모인 자리에서 정식 허가에 매달리기보다 좀 더 고상한 가치를 가져야 한답시고 이렇게 말했다. "저는 교육자로서 정식 허가를 받는 것으로 만족할 수 없습니다. 그것은 학교 역사를 이루는 하나의 과정이며 좋은 교육을 위한 도구일 뿐입니다. 우리의 목표는 정식 허가를 넘어서(Beyond Charter) 좋은 기독교 교육을 실현해 내는 것입니다. 학교 설립 목표대로 아프리카에 좋은 지도자를 키워 내는 것입니다. 어렵지만 최선을 다하면 가능하리라 믿습니다."

학교 운영의 책임자로서 희망과 절망 사이를 오가는 복잡한 마음이 들었다. 이미 시작한 일을 끝까지 잘 수행할 수 있을지, 중도 포기하게 되지는 않을지 걱정이었다. 그러면서도 한편 지금까지 기적을 이루어 오셨고 앞으로도 그렇게 하실 하나님이 계시는데 왜 걱정을 하느냐며 자책도 했다.

마음이 복잡하다. 누구 혹은 어떤 일 때문이 아니다. 눈에 보이지만 해결할 방법을 찾기 어려운 어두움 때문이다. 나처럼 허약한 낭만주의자가 어렵고 혼란스런 시기에 대학 조직 운영이라는 안개 속에 갇혀 있기 때문일까. 방향도, 방법도 못 찾고 있는 것 같다. 아마도 더 큰 이유는 내가 할 수 있는 일이 없다고 생각하기 때문일 것이다. 이미 인생에서 많은 어려움을 겪지 않았는가. 이럴 때는 생각 없이 한잠 자고 나면 괜찮아질까.

총장 역할을 시작하고 일 년도 되지 않아 문제가 생기면서 나의 능력 없음은 현장에서 여실히 드러나고 말았다.

시몬, 수렁에
빠지다

Uganda

파업과
학생 데모

교수들이 파업을 통보했다. 총장직을 시작한 지 일 년, 근근이 학교를 유지해 오던 차에 결국 이런 일이 생겼다. 게다가 교수 파업이 시작된 다음날, 학생들은 데모를 시작했다. 2020년 2월 27일의 일이다. 어디서 구했는지 교문을 체인으로 묶어 통행을 막고 사무실 문을 밖에서 자물쇠로 봉쇄해 버렸다. 직원들은 이미 학교 밖으로 도망갔다. 망고나무 아래 모여든 학생들은 떼를 지어 교무과와 학생과 사무실에 찾아와 남아 있던 직원들을 밀치며 소동을 벌였다. 건물 밖에서는 고성을 지르며 돌을 던졌다.

누가 신고했는지 경찰들이 학교에 들어왔고, 나는 나가서 그들을 돌려보냈다. 학생들이 내 사무실 앞으로 몰려들었다. 내가 나가서 무슨 일이냐고 묻자 대답하지 않고 슬금슬금 다시 망고나무 아래로 갔다. 학생들의 이런 소요는 하루 만에 끝났다. 교직원과 학생들은 과거에도 이런 일이 있던 것처럼 익숙하게 행동했다. 다만 내가 소요를 피하지 않고 사무실에 있으니 무슨 일이라도 생길까 봐

아프리카에서
부르는 바람의
노래

걱정했다는 직원의 이야기를 나중에 들었다.

그 일 이후 다른 소요는 없었지만 2주 가까이 수업을 하지 못했다. 교수들은 가르치지 않았고, 학생들도 수업을 하고 싶은 생각이 없는 것 같았다. 파업을 주도한 교수진 대표와 대화를 나누었다. 정당한 파업과 데모인지도 파악해야 했다. 학생들이 데모를 한 이유는 교수들이 파업을 한 이유와 같았다. 어떻게 알았는지 알 수 없지만 학교 의회에서 논의되고 있는 사안을 학생들이 다 알고 있었다. 이곳에서 종종 벌어지는 졸업장 위조의 경우인데, 학생들은 교무과 직원이 벌인 일이라고 생각하고 데모를 했다.

학교를 책임지는 일은 아무것도 하고 있지 않은 시간에도 무겁게 느껴진다. 주말이 지나 다시 소용돌이의 중심으로 돌아와 현기증을 느낄 만한 일들과 마주 선다. 지금의 책임이 무겁고 힘겹다. 그런데도 버텨야 한다고 생각하는 것은 이 일이 그렇게 의미 있다고 생각해서인가, 자존심 때문인가, 다른 어떤 관계 때문인가, 그것도 아니면 나의 이 알량한 신앙 때문인가.

졸업장 위조 문제는 한 달 전부터 조사위원회가 꾸려지고 학교 의회에서 심층적으로 다루기로 한 사건이다. 교무처장의 서명이 들어가 있는 졸업장이 졸업하지 않은 학생에게 발급되었고, 처장은 실수라고 변명했다. 졸업식 직전까지 학과에서 성적 원부를 제출하지 않아서 졸업식 날 아침에서야 총장 서명을 받게 되었고,

그 과정에서 서두르다가 실수했다고 했다. 충분히 이해되는 정황이었다. 그러나 교직원들은 모종의 거래가 있었을 것이라며 이의를 제기했다.

이 일은 대학의회(University Council)라는 최고 의결 기관의 결정에 따르기로 했다. 그러나 교직원들은 당사자에게 3개월 정직의 징계를 내려야 한다고 주장했다. 일단 죄인 취급을 하고 나서 조사를 하자는 것이다.

나의 생각은 교수들의 생각이나 이곳의 관행과 달랐다. 나는 그들에게 졸업장을 위조했다는 증거가 없으니 실수라고 인정한 대목만을 다루어야 한다고 말했다. 그렇게 징계 대신 대학의회에 최종 결정을 의뢰한 다음날 교수들이 파업을 한 것이다. 총장이 관행대로 하지 않고 해당 직원을 감싸는 것에 대한 반발이었다. 교수들이 이 이야기를 학생들에게 전했고, 이를 알게 된 학생들이 들고 일어났다. 3년간 힘들게 공부해야 얻을 수 있는 졸업장을 부정 발급하고 이득을 취한 직원을 그냥 둘 수 없다는 것이었다. 교수들이 뒤에서 학생들을 조종하면서 모습을 감춰 버렸다.

교수 파업과 학생 데모는 대학의회의 결정에 영향을 주고 초보 총장을 길들이기 위한 것이었을지도 모른다. 사실 이 파업과 데모가 잘못 발급된 졸업 증명서 때문만은 아니라는 것을 나는 알고 있었다. 고등교육위원회의 학교 폐쇄 공고, 지급하지 못하는 교수들월급 그리고 그로 인한 학생들과 교수들의 불안과 불만이 복합되어 터져 버린 일이었다. 나는 파업 대표 교수뿐 아니라 학교의 모든 교직원을 불러서 대화를 시도했다. "이 파업은 명백한 불법 파업입니다. 파업은 노동자의 권리이지만 그 전에 먼저 상호간의 충분한 논의를 통해 견해가 좁혀지지 않을 경우, 파업으로 의견을 강력하게 표현하는 것이 순서입니다. 그런데 이번에는 그런 절차 없이 갑자기 파업을 강행했습니다. 게다가 학생들이 데모하도록 배임한 혐의도 추가할 수 있습니다. 내가 한 교직원을 옹호한다는 이유로 불법 파업과 데모를 했으니 지금부터 내가 여러분의 행동에 대해서 데모를 하겠습니다. 이는 여러분의 행동에 항의하는 의미도 있으나 대화할 수 있는 기회를 만들고자 하는 것이니 오해하지는 말아 주시기 바랍니다. 오늘부터 2주 동안 나는 금식을 하면서 사무실에서 나와 대학 교회에 머물겠습니다. 내게 이야기를 하고 싶은 사람은 그리로 오면 됩니다. 그리고 나는 이 일의 최종 책임자로서 머리를 깎겠습니다." 나는 이렇게 말하고 그날 오후에 학생들이 이용하는 이발소에 가서 죄수처럼 머리를 깎았다. 그리고 2주 동안 대학 교회로 출근해서 그곳에 앉아 있었다.

내가 교직원들의 의견에 따라서 해당 직원에게 3개월의 정직을 내리고 일을 해결하려 했다면 이처럼 과격한 파업이나 데모는 없었을지도 모른다. 그러나 증거 없이 사람들의 말만 믿고 대세에 따라서 '빌라도의 재판'을 할 수는 없었다. 2주 동안 결재 사인이 필요한 경우를 제외하고 나를 찾아온 사람은 없었다. 문제는 단식 후였다. 대화를 통해서 상호이해를 도모했으나 실패로 돌아갔기 때문에 파업과 데모 주동자들에게 조치를 내려야 했다. '무노동 무임금'

법칙을 들어 파업 기간에는 임금이 없다고 선포하거나 데모를 주도한 학생을 찾아서 교칙에 따른 징계를 내려야 했다. 그러나 이런 조치를 내릴 경우 교수 집단과 학생들이 집단 반발할 수도 있고, 모든 상황을 공정하게 판단하고 처리한다는 보장도 없었다. 그렇다고 없던 일로 하고 지나갈 수도 없었다. 진퇴양난이었다.

이 소강상태의 고요함이 감사하다. 해야 할 일은 잊어버려도 사랑을 잃어버려서는 안 된다. 소유가 없게 되더라도 온유한 마음, 긍휼히 여기는 마음, 애통하는 마음을 잃어서는 안 된다. 몸이 아프고 병에 걸리더라도 은혜를 잊어서는 안 된다. 상황이 어렵게 흘러가더라도 믿음을 잃어버려서는 안 된다. 주여, 내게 주어진 길이 어디까지입니까? 보이지 않는 길을 걸었던 것은 예나 지금이나 마찬가지이지만 나이 들어 걷는 이 길은 더 힘이 듭니다. 모세가 주께 한 말씀을 저도 드립니다. 할 수 있는 사람을 보내소서. 할 수 있거든 이 잔을 내게서 옮기시옵소서.

단식을 하고 머리를 깎았지만 문제는 해결될 기미가 보이지 않았다. 그때 우간다 정부가 매우 특별한 해결책을 내게 주었다. "모든 학교는 문을 닫고 교직원과 학생은 학교에 나올 수 없다"는 것이 코로나 바이러스에 대한 정부의 조치였다. 학교 내 모든 문제가 조용해졌다. 나는 이 파업과 데모 사태에 대해서 당장 어떤 조치를 취하지 않아도 되었다. 이튿날 조용해진 학교로 걸어서 출근을 했다.

다친을 비추는
순간

이 와중에 고등교육위원회는 지난해 예고한 대로 2개의 대학을 폐쇄했다. 그 학교들에는 학생 정원 미달과 채무, 교직원의 자질, 학교 운영상의 문제가 있었다. 해당 학교 학생들은 다른 학교로 옮겨질 예정이라고 했다. 코로나로 온 세상이 두려움에 싸여 있는데 학교는 두려움의 대상이 하나 더 생겼다. 파업과 데모라는 학교 사태에도 불구하고 학교 폐쇄를 막기 위해 선제 조치를 해야 하는 상황이 되었다.

한국 정부는 국민 보호 차원에서 모든 코이카 직원을 비롯한 NGO 파견 단원들을 귀국시켰다. 코로나 바이러스 때문이기도 하고 이곳에서 생길 수도 있는 소요 사태를 우려한 조치이기도 하다. 선교사들이야 언제든 현장에서 죽을 수 있는 사람들이지만 현장은 어떤지 묻는 사람도 없다. 어려운 학교 상황과 겹쳐져서 마음이 쓸쓸하다.

이번 일을 겪으면서 나는 사직서를 하나 써 두기로 했다. 총장으로서 문제를 해결할 만한 언어 능력이 없다, 우간다 직원들과 학생들의 힘겨루기 이후 일할 동력을 잃었다, 직원들을 다루고 동기를 부여하는 능력이 부족하다, 직원들의 반복되는 실수와 잘못된 관행을 자꾸 언급하기가 힘들다, 이 학교가 기독교 대학으로서 사명을 다하는 데 내가 할 수 있는 일이 없다, 나는 총장을 할 만한 그릇이 못 된다 등이 내가 총장을 그만두어야 할 이유였다. 사직서에는 "총장으로서의 직임을 수행하기에 결격사유가 많은 사람"이라고만 썼다. 하지만 모두가 어려운 상황에서 사직서를 낼 수는 없었다.

사직서를 제출하지는 않았지만 이 일로 극복 가능치를 넘어서는 상황이 전개될 때 느끼는 무력감이 무엇인지 알게 되었다. 임시 총장 직무는 언제든 내려놓을 수 있도록 마음의 무장을 했다. 코로나 기간에는 먹을 것을 구하기 위해서 움직이는 것 외에는 자동차 사용이 허용되지 않았으므로 나는 걷거나 자전거를 타고 학교에 갔다. 아이러니하게도 그때 막 우기가 시작되어서 우리 동네 사람들은 농사일을 많이 했다. 학교에 안 가게 된 아이들이 밭에 나가니 노동력이 많아져서 출퇴근길 농촌 풍경은 코로나와 전혀 상관없이 생동감 있고 푸르렀다.

평화와 고요가 유지되었다. 학교에 출근한 나는 당장 4월부터 교직원들의 월급 걱정을 해야 했다. 직원들의 생계 문제는 해결해 주어야 했다. 마침 나의 아침 묵상 구절은 마태복음 5장이었다. 내가 만든 소제목은 "악에게 맞서지 말라"였다.

기독교인으로 이 땅에 사는 것은 참 힘든 일이다. 오늘 말씀도 그렇다. 누가 나를 때리는데 다른 쪽 뺨을 돌려 대야 한다. 달라면 주고, 같이 가자면 가고, 나를 미워하는 원수조차 사랑해야 하나님의 아들이 될 수 있다. 이것이 가능한 일인가. 차라리 포기하는 것이 나을 듯하다. 사랑스런 사람, 사랑해야 할 사람만 사랑하는 것은 누구나 하는 것이기 때문에 그렇단다. 사랑할 감정이 동하지 않을 때, 억울한 마음이 생겨도 그를 사랑해 주어야 한다. 천국은 판단하지 않는 사랑이 있는 곳이다. 이 사랑이 있어야 하나님의 나라가 낯설지 않을 것이다.

일단 나의 사랑스럽지 않은 쿠미대학교 교직원들에게 월급을

▲ 쿠미대학교의 빈 강의실 모습이다.

최대한 지급하기로 했다. 한국 후원자들이 정기적으로 보내오는 후원금을 모으고 하나님께 기도하기로 했다. 지금까지 나는 기복주의나 번영신학 같은 말에 알레르기 반응을 보여 왔다. 어려운 어린 시절을 보냈지만 그때는 모두가 어려운 시절이었다. 교사가 된 후에는 많지는 않지만 일정 수입이 있었다. 그래서인지 나는 복을 구하는 기도를 하지 않았다. 혹시 필요하면 다 아시는 하나님이 알아서 주실 것이라는 믿음이 있어서였는지도 모른다. 그러나 이제 그것이 기복이어도 좋고, 번영이어도 좋으니 직원들에게 줄 월급만 생긴다면 못할 일이 없었다. 다른 노력도 아니고 기도해서 얻을 수 있다면 기도하지 않을 이유가 없었다. 그래서 이 잔을 내게서 옮겨 달라는 기도 이후 다시 간절한 기도를 드렸다. 도와주소서, 주여!

외부적으로 해결해야 할 일이 많았으나 이 기간에 나는 오히려 더 여유로운 생활을 할 수 있었다. 커피 한 잔 하면서 말씀을 묵상하고 바람에 흐르는 꽃향기를 맡으며 책도 읽었다. 우간다의 환상적인 날씨에 치자꽃 향기가 더해지는 우리 집 원두막에 앉으면 천국이 따로 없었다. 여기에 코로나가 계속되어도 충분히 먹을 수 있는 커피 생두를 확보해 놓았고, 쌀과 채소, 과일은 코로나로 멀리 못 가는 사람들을 위해서 새로 생긴 가까운 노점에서 살 수 있으니 오히려 더 편리해졌다. 출근도 얼마 전에 산 10만 원짜리 자전거로 하면 되었다. 저녁에는 선임 선교사들이 만들어 놓은 테니스 코트에서 운동을 했다. 남자 선교사들과 운동을 하면서 힘든 일도 툭툭 털어 버렸다. 코로나가 운동을 말리지 않으니 얼마나 다행한 일인가.

성경 말씀은 지켜내는 것이 늘 부담이지만 내 사고나 행동의 지침이 되니 고맙다. 그분께서 나와 함께한다고 약속하시니 폴 투르니에의 말처럼 나는 고통을 품은 기쁜 사람인 것이다.

결과적으로 학교에서는 코로나 일 년 반의 봉쇄 기간 동안 두 달에 한 번 급여를 지급했다. 그러니까 월급의 반을 준 셈이다. 국제사랑의봉사단에서 도와주었고, 나의 처지를 알고 학교 일을 돕기로 모여든 '개미 가족'이 함께해 주었으며 교사선교회와 인천숭인교회에서 보내 주는 선교비가 상당 부분 도움이 되었다.

지금도 직원들 사이에서 이 이야기가 회자된다. "다른 사립학교들이 아예 문을 닫고 교사들이 길거리에 나와서 직접 농사지은 것을 팔아 생계를 유지하는 상황에서 쿠미대학교는 월급의 50퍼센트를 주어서 생존할 수 있었다. 우간다에 이런 대학교는 없다." 전 세계가 힘든 상황에서 후원을 멈추지 않은 한국 분들 덕분에 쿠미대학교의 응급 상황에 산소호흡기 처방이 실시되었다. 그리고 나의 신앙 성향의 전복 역사인 기복 신앙은 상당히 성공적으로 진행되었다.

흘러지면
알게 되는 것들

코로나 봉쇄가 시작되고 대부분의 학생들은 집으로 돌아갔다. 집에 갈 차비도 없고 가봐야 딱히 할 일도 없는 난민 캠프에서 온 국제 학생들만 기숙사에 남게 되었다. 남수단과 수단, 브룬디에서 온 학생들이 내게 부탁했다. 집에 갈 수 없는 처지이니 일을 시키고 수고비를 주어서 생존할 수 있게 해달라는 것이다. 나는 이들에게 하루 6,000실링(약 2,000원)의 돈을 주기로 하고 오전에 네 시간 동안 학교 일을 시켰다. 일당에서 기숙사비 1,000실링을 제하면 5,000실링이 남으니 생활하는 데 문제는 없었을 것이다.

제임스를 비롯한 열세 명의 남학생들은 정글이 되다시피 한 땅을 개간해서 농사를 지었다. 트랙터로 잡목과 가시덤불을 제거하고 땅을 갈아서 옥수수와 카사바, 땅콩 등을 심었다. 코로나 봉쇄가 끝나고 학생들이 돌아오면 이곳에서 나는 농산물로 점심 식사를 해결할 요량이었다. 학생들이 성실히 일한데다 비가 많이 와서 풍작이었다. 덕분에 학교 조경도 매우 좋아졌다.

여학생들과 일부 IT학과 남학생들은 도서관에서 PDF 파일을 다운로드하는 작업을 했다. 고등교육위원회에서 학교에 비치하도록 요구하는 책이 대략 2만 권이다. 우리 학교에는 당시 약 4,000권의 책이 있었는데 그것도 매우 오래된 것들이었고 도서관은 거의 창고 수준이었다. 일단 도서관을 식당으로 쓰던 넓은 장소로 옮기고, 내부 공사를 했다. 학생들은 컴퓨터에 앉아서 인터넷을 통해 무료로 제공하는 전자책 파일을 다운로드했다. 고맙게도 코로나 사태가 시작되면서 우간다 주재 한국 대사관에서 우리 학교에 컴퓨터를 117대나 보내 주었고, 한국의 한동대학교에서는 유니트윈 지원 사업의 일환으로 무선 와이파이를 설치할 수 있도록 지원해 주었다.

도서관에 설치된 열다섯 대의 컴퓨터에 앉은 학생들은 일을 시작했다. 사실 이곳 인터넷 사정이 썩 좋지 않아서 큰 기대는 하지 않았다. 그런데 학생들은 매주 약 1,500권 이상의 파일을 다운로드했다. 학생들은 정해진 작업 시간이 지나도 온종일 도서관에 있었

▲ 난민 캠프에서 온 학생들이 교정을 정비하고 있다.

아프리카에서
부르는 바람의
노래

고 대부분의 학생들은 밤에도 일을 했다. 학생들이 석 달 정도의 기간 동안 다운로드한 책은 1만 7,000권에 이르렀다. 도서관 분류법에 따라서 파일 분류도 잘 해놓았다. 그리고 마침내 고등교육위원회의 기준을 넘어섰다.

도서관에 책을 보충하는 일은 우리 학교의 큰 과제였다. 나는 후원자들의 지원금 중 상당 부분을 도서관에 책을 들여놓는 데 썼다. 도시에 갈 일이 있으면 헌책방에 들러 책을 쓸어 담듯 가져왔다. 국외에서 가져오는 방안도 생각해 보았지만 책을 모으고 운송해 오는 일이 쉽지 않았다. 학교에 남아 있던 국제 학생들의 이 수고는 학교의 큰 과제를 해결해 주었다. 이후로도 난민 캠프에서 온 학생들은 자신들이 거주하는 기숙사를 자기 집 관리하듯 주말이면 쓸고 닦았다.

우간다에는 이웃 국가인 남수단과 콩고, 르완다가 인접한 국경에 상당수의 난민 거주지가 있다. 그중 가장 큰 난민 캠프는 남수단 접경지인 북쪽이다. 그 나라들에는 내전으로 곳곳에 난민 캠프가 있는데 오래된 것은 20년이 넘었다. 최근 수년 동안 난민들은 계속 우간다로 오고 있다. 우간다 사람들과 동아프리카 국가들은 서로 형제처럼 지내고 있기 때문에 형제 나라 난민을 마다하지 않고 함께 지낸다. 우간다도 경제적으로 어려운 상황이기 때문에 난민 구호는 유엔의 국제식량기구에서 한다. 그러나 식량 배급량이 줄고, 생존을 보장하는 수준에서 양식과 의료, 교육이 제공된다. 그러니 난민이 고등교육을 받는다는 것은 꿈에서나 있을 수 있는 일이다.

◀ 우간다 북부 비디비디 지역에 있는 난민 캠프의 전경이다.

우리 학교는 학교가 안정되기 훨씬 전인 2016년부터 난민 학생을 국제 학생이라는 이름으로 받아들여 왔다. 남수단 학생이 주를 이루고, 브룬디와 르완다, 콩고, 수단, 케냐에서도 학생들이 온다. 일부 NGO 단체의 학비 지원 사업으로 소수의 학생들이 우간다 대학에서 공부할 수 있다. 그런데 쿠미대학교는 해마다 30명 정도의 학생을 장학생으로 선발해서 전액 장학금을 지급한다. 장학금 혜택을 받은 학생은 모두 100명이 넘는다. 그로 인해 난민 캠프에서 가장 유명한 대학은 쿠미대학교이다. 학생들은 쿠미대학교에 오는 것을 인생 탈출구로 생각한다.

이들은 공부해서 자기 나라로 되돌아가지 않으면 평생 난민 캠프에서 외국인 신분으로 살아야 한다. 하지만 난민이 고국으로 돌아가는 것은 흔한 일이 아니다. 분쟁이 진행 중이기도 하고 거처를 떠나오면 그곳은 이미 다른 사람의 차지가 되기 때문이다. 그래서 가장 좋은 방법은 학력을 취득한 후 대도시로 가는 것이다. 그곳에서 우리 학생들은 대단히 환영받는 부류이다. 아랍어를 공용어로 쓰는 남수단에서 영어를 잘하는 우리 대학교 졸업생들은 보기 드문 인재다. 그러니 많은 난민 학생들이 우리 학교에 오고 싶어 하는 것은 당연한 일이다.

교직원 월급도 밀리는 상황에서 난민 학생들에게 전액 장학금이라는 혜택을 주는 것은 상식적으로 맞지 않는 정책이다. 그런데 놀랍게도 우간다 학생들은 이 학생들과 함께 공부하는 것에 이의를 제기하지 않는다. 그래서인지 난민 학생들도 학교 일에 열심이다.

▲ 새로 정비된 도서관에서 학생들이 밤에도 공부를 하고 있다.

난민 캠프에 살면서 대학에 입학할 학력을 갖추었다는 것은 이들이 얼마나 명석한지를 보여 준다. 이들은 난민 캠프에서 가장 뛰어난 학생들이다. 그래서 교수들은 남수단 학생들의 학업 태도를 늘 칭찬했다. 남수단 학생들이 학교의 질을 높여 주고 있었다. 이 학생들은 교정 가꾸기와 도서관 장서 구비뿐 아니라 코로나 이후 학교 성적을 높이는 데도 큰 역할을 했다.

우리 학교에는 2011년 남수단 독립 후 시작된 남수단 유소년 축구 대표 팀의 일원이었던 학생들도 있었다. 이들 덕에 코로나 봉쇄가 끝나고 열린 대학 축구 리그에서 대학 역사 최초로 상위 그룹에 진출했다. 우리는 그들에게 약간의 도움을 주었으나 그들은 우리 학교에 큰 도움을 주었다. 예기치 않은 은혜였다. "When you give us peace someday …" 이들이 늘 기도 앞에 붙이는 이 문구처럼 언젠가 이들에게도 평화가 찾아오기를 기도한다. 그리고 그날이 오면 이들의 간절한 희망처럼 고향땅에서 평화롭게 농사짓고 공부하며 마을을 가꿀 수 있기를 기도한다. 우리 학교에서 그 때를 기다리면서 소망을 잃지 않고 잘 준비하기를 간절히 기도한다.

아프리카에서
부르는 바람의
노래

절망 속에서
건겨진 희망

코로나 봉쇄가 시작되면서 학교는 이미 큰 선물을 받았다. 우간다 주재 한국 대사관에서 보내 준 117대의 컴퓨터가 바로 그것이다. 한인 행사 때 만난 당시 우간다 하병수 대사가 학교에 컴퓨터가 필요한지 물었다. IT 강국으로 불리는 한국인이 운영하는 대학교에 컴퓨터가 부족하다는 사실이 마음에 걸렸던 나는 그렇다고 대답했다. 그 후 일은 급속도로 진행되었다. 우선 우간다 대사관에서 컴퓨터를 교체하면서 기존에 사용하던 컴퓨터 17대를 우리 학교에 보냈다. 그리고 한국의 한 공공기관에서 교체하는 컴퓨터 100대를 모아서 우리 학교에 보내는 절차를 진행해 주었다. 대사관에서 진행하는 일이었기에 컴퓨터를 모으는 일은 어렵지 않았다.

그런데 배송 비용과 우간다 세관에 지급할 관세가 문제였다. 운송비를 계산해 본 학교 운영진은 컴퓨터를 포기하는 게 좋겠다고 말했다. 대사관에 이런 사정을 이야기하니 컴퓨터 운송의 모든 과정과 비용을 대사관에서 책임져 주었다. 나중에 대사관 영사를 통해 들은 바로는 통관 과정에서 대사가 각서까지 쓰고 한국에서 컴퓨터를 가져왔다고 했다. 비용은 어떻게 처리했는지 묻지도 못했다. 지난해 하병수 대사는 우간다 대사를 마치고 귀국했는데 나뿐 아니라 모든 한국인이 매우 아쉬워했다.

이로 인해 우리 학교는 우간다에서 세 가지가 일등인 학교가 되었다. 가장 좋은 컴퓨터를 보유한 대학교, 학생 일인당 가장 많은 컴퓨터를 보유한 학교, 가장 빠른 와이파이를 보유한 학교가 된 것이다.

나는 IT학과는 물론 각 학과와 도서관에 컴퓨터실을 만들었다. 학생들이 컴퓨터에 쉽게 접근하게 하기 위해서다. 우간다 학생들은 대부분 우리 대학에 오기 전에는 전깃불 아래서 공부한 경험도 거의 없다. 도서관에서 그 많은 책을 본 일도 없고, 더구나 직접 컴퓨터로 인터넷에 접속해서 자료를 검색하고, 영화를 보고, EPL 축구를 본다는 것은 상상할 수도 없는 일이었다. 코로나가 끝나고 IT학과 학생들은 기특하게도 다른 과 학생들을 위해서 컴퓨터 교실을 열고 문서 프로그램과 엑셀, 포토샵 등을 열심히 가르쳤다.

밤에도 학과 컴퓨터실과 도서관에 학생들이 그득하게 앉아 있는 것을 보면서 나는 마음이 그렇게 좋을 수 없었다. 컴퓨터로 무얼 해도 좋았다. 그곳에 그렇게 내 아이들이 앉아 있는 모습이 감동적이었다. 그래서 종종 아이들이 좋아하는 소다(음료수)를 잔뜩 사들고 밤중에 학교에 찾아가기도 했다.

코로나 기간에 한동대학교에서 우리를 도와준 것을 다 열거하기는 어렵다. 코로나 이전부터 방학이면 한동대학교 교수와 학생들이 우리 학교를 찾아와서 기독교적 기업가 양성 교육을 하고 지역사회 개발 사업을 했다. 적정 기술을 연구하는 동아리 회원들이 지속적으로 방문해서 땅콩 껍질로 숯을 만드는 방법을 개발하고 생산했다. 나무를 연료로 쓰면서 생기는 환경 파괴의 부작용을 막아 보자는 시도였다. 이곳에서 많이 재배하는 고구마를 말려서 전분을 만드는 방법도 개발하고 공장을 세웠다. 우간다 사람들이 현지 생산품으로 자립할 수 있는 산업을 만들고자 애쓴 것이다.

코로나 때문에 방문 교류가 어렵게 되자 한동대학교는 우리 학교에 무선 와이파이 설치와 운영을 지원해 주었다. 원격 교육과 교류가 가능하게 하자는 뜻이었다. 이뿐 아니라 학교 교실에 필요한 책걸상을 약 2,000개나 새로 만들어 주었고 도서관에 새로운 책장을 만들어 주었으며, 정기적으로 경영·경제 분야의 신간 서적을 보내 주고 있다. 한동대학교의 도움은 우리 학교의 필수적인 교육 환경을 마련하는 데 결정적인 역할을 했다.

대한민국 포항의 크지 않은 대학이 이곳 지역사회와 아프리카 청년들에게 희망을 주고 있다. 다른 사람들이 오면 우리는 열심히 손님 맞을 준비를 하지만 한동대 학생들에게는 그럴 필요가 없다. 이들의 영어 능력과 다른 사람을 대하는 태도, 그리고 먼저 이곳을 다녀간 사람들에게서 미리 알아오는 정보 때문이다. 이들은 심지어 타고 다닐 오토바이 운전수의 연락처까지 다 알아 온다. 우리 학생들과 훈련을 마친 후에는 인터넷으로 교류하면서 이곳에서 창업과

아프리카에서
부르는 바람의
노래

관련된 일을 하도록 돕는다. 우리 학교는 이런 천사들 덕에 희망을 얻는다.

우리 학교 교수들 대다수는 개인 컴퓨터가 없었다. 오래된 공책을 유일한 교수 재료로 활용하던 교수들이 학교에서 컴퓨터를 사주면 본인들이 월급에서 조금씩 갚아 나가겠다고 제안해 왔다. 마침 한국의 한 학교 선생님이 은퇴하면서 얼마간의 후원을 하고 싶다는 연락을 해왔다. 계산해 보니 30명의 교수들에게 개인 컴퓨터를 사줄 만한 금액이었다. 신청을 받아 컴퓨터를 사주고 갚도록 하고, 갚은 돈은 학교 신용금고에 넣어서 교수들이 저금리로 사용할 수 있게 했다. 그 후원금은 지금 신용금고 내에서 제 역할을 다하고 상당한 자금으로 커져 있다. 우간다 은행의 대출 금리는 연 24퍼센트나 된다. 그 절반의 금리로 빌려 주는 학교 신용금고는 직원들에게 매우 유용하게 쓰이고 있다.

◀ 한동대학교 학생들이 쿠미 지역민들에게 땅콩 껍질로 숯을 만드는 법을 가르쳐 주고 있다.

아프리카에서
부르는 바람의
노래

나로 돕는 자

학교에서 제일 큰 교육 공간은 과학관이다. 2010년부터 정부에서 과학 영역의 발전을 위해서 사립대학 지원 사업을 실시했는데 고맙게도 우리 학교가 지원 대상이 되었다. 과학관을 지으면 농학과와 IT학과를 배정하고 물리와 화학, 생물 실험실도 설치할 계획이었다. 그런데 건축 과정에서 건축업자와 학교 간에 분쟁이 생겼다. 건축업자는 자재비 상승을 이유로 학교에 건축비를 추가로 청구했고, 학교가 이를 승인한 것으로 알고 건축을 진행했다. 그러나 그것은 중간 관리자가 임의로 결정한 것이었고, 그 과정에서 건축비 일부가 사라져 버렸다.

이 일로 건축은 중단되고 건축업자는 법원에 소송을 제기했다. 이미 코로나 이전에 오랫동안 건축이 중단되어 방치된 이 건물을 다시 짓기 위해서 여러 차례 법원에 방문했다. 생전에 법원이 어떻게 생겼는지도 몰랐는데 이 일로 피고가 되어 법원에 다녔다. 결국 협상을 통해 문제를 풀고 남은 2, 3층을 우리 손으로 건축하기로 했

◀ 한동대학교에서 방문하여 쿠미대학교 학생을 대상으로 창업 훈련 연수를 진행했다.

다. 공사 현장 감독을 한 명 고용하고 자재는 학교에서 사다 나르면서 일을 끝냈다. 그 결과, 코로나 기간에 우리 학교는 3층짜리 건물을 보유한 괜찮은 대학이 되었다. 여기서는 높은 건물이 높은 교육 위상과 동일시된다.

지금은 이 건물 덕에 새로 생긴 농학과에 350명의 학생이 재학하고 있고 다양한 교육과 실험이 이곳에서 진행되고 있다. 교육학부의 미술과 학생들이 "농업으로 세계를 변화시키자"라는 뜻을 표현한 조형물을 만들어 건물 앞에 세웠는데 제법 그럴 듯하다. 우리 지역 농업 인구는 전체 인구의 90퍼센트 정도나 되지만, 농산물을 가공하지 못한다는 문제가 있다. 그래서 우리 학교 농학과에 대한 기대가 크다. 농업을 중시하는 이곳 사람들 덕분에 이 분야는 더 발전되리라 믿고, 또 그래야 한다. 지금은 이 건물 3층에서 세종학당도 운영되고 있다.

학력승인은 우간다 고등교육위원회에서 받아야 한다. 주기는 5년이며 학교의 모든 프로그램에 해당한다. 이 학력 인증을 제때 받아 놓지 못하면 그 학과는 공식적으로 학위를 인정받지 못하게 된다. 학교 일을 시작하면서 사람들이 학력승인제도 이야기를 많이 했다. 코로나 봉쇄 움직임이 확산되고 방역이 강화되는 상황에서 나는 학교 보직자들과 회의를 했다. 학교의 모든 학과에서 승인을 갱신해야 할 학과를 조사하고 교육과정을 다시 확인 및 재구성해서 고등교육위원회에 제출할 일정을 짰다. 이 나라 교육부는 대학교육도 상당히 세세하게 관리하는데 이 학력인증제도가 그중 하나다.

▲ 과학관의 공사 현장이다.

아프리카에서
부르는 바람의
노래

조사 결과 2004년도에 대학으로 임시 허가를 받은 이후 한 번도 승인을 갱신한 적이 없는 학과가 상당히 많았다. 굳이 따지자면 불법으로 운영되는 것이었고, 이렇게 공부한 학생들은 학력을 인정받지 못할 수도 있었다. 이 사실을 알고 나는 서둘렀다. 학교 프로그램 당 지불해야 할 인증 비용은 감사하게도 국제사랑의봉사단에서 도와주었다. 각 학과 교수들이 모여서 열심히 작업한 결과, 코로나 봉쇄가 시작된 지 6개월 만인 10월에 모든 프로그램 학력 인증이라는 수확을 얻어 냈다.

다른 학교들이 문을 닫고 있을 때, 우리 학교는 교수들이 출근해서 코로나 이후를 준비했다. 파업 이후 약간은 어색한 분위기가 있었지만 성실하게 일하는 교수들의 협력으로 학력 인증의 모든 과정을 마치고 나는 할렐루야를 외쳤다. 교수들에게 감사했다. 학생들에게 덜 미안한 학교가 되었다. 이제 고등교육위원회에서 우리 학교 폐쇄를 언급할 일은 없어졌다.

우리 학교는 우간다에서도 시골에 위치해 있다. 처음에는 왜 이런 시골에 대학교를 세웠는지 의아했다. 테소 부족의 수도인 소로티가 50킬로미터, 대도시 음발레가 60킬로미터 떨어져 있다. 그래서 교수진을 구하기도, 학생들을 모집하기도 어렵다. 쿠미타운에서도 비포장도로를 8킬로미터나 달려야 올 수 있는 이곳 시골 마을로 선생과 학생을 불러 모으려면 발품을 팔아야 한다.

먼저 이 지역 사람들이 가장 많이 이용하는 라디오 방송에 광고를 냈다. 지역 학교와 교회를 찾아다니면서 학교를 홍보했다. 왜

◀ 완공된 과학관의 전경이다.
◀ 과학관 앞에 학생들이 직접 조형물을 만들어 설치했다.

우리 학교에 와야 하는지에 대한 답을 우리가 가지고 있어야 했다.

"쿠미가 어디 있는지, 쿠미대학교가 어떤 학교인지도 모르는데 왜 그 학교에 가야 하죠?"

키리안동고라는 도시에서 학생들을 모아 놓고 학교 홍보를 하는데 한 학생이 질문을 했다. 이후 이 질문은 내가 왜 이러고 다녀야 하는지를 생각하게 하는 중요한 단서가 되었다.

그리고 학생 모집을 위한 코디네이터를 고용했다. 이들에게 활동비와 에이전시 비용을 지불하면서 곳곳에서 학생들을 모집하도록 했다. 우리 학교 학생 모집 담당 직원의 요청에 따라서 코로나 기간에 나는 많은 곳을 다녔다. 인근 교회에 설교하러 다녔고, 코디네이터가 만든 자리를 찾아 다녔다. 망고나무 아래 자리 펴고 모여든 사람들도 만났다. 학교를 소개할 자리가 있다고 하면 어디든, 얼마나 멀든 마다하지 않고 찾아다녔다. 저인망 어선을 끌듯이 그렇게 온 지역을 휘젓고 다녔다. 학교가 코로나 기간에 학생들 맞을 준비를 많이 해뒀으니 학생이 있어야 잔치를 하지 않겠는가.

▲ 교정에 있는 망고나무 아래 학생들이 모여 있다.

부르자,

바람의 노래를

희망을
떠올리는 부적

약 18개월 간의 긴 코로나 봉쇄가 2021년 9월 드디어 해제되었다. 대학교의 경우 이미 원격 수업과 계절제 수업, 졸업 시험 등을 허용해 주었기 때문에 우리는 코로나 검사를 해가면서 조심스럽게 학교 운영을 재개했다. 신속 항원 검사 결과, 학생과 교직원 열에 두 명 정도는 양성 반응이 나왔지만 모두 무증상이었다. 정부의 코로나 해제 발표 이전에 이미 사람들이 삼삼오오 모였는데도 코로나의 영향은 없었다. "우리는 코로나 같은 바이러스는 무섭게 생각하지 않는다. 이미 말라리아를 퇴치할 면역력이 있는데 코로나 바이러스 정도가 우리를 어떻게 해하겠는가." 이들은 자신감이 넘쳤다. 실제 역사적으로도 아프리카 사람들은 이상 바이러스에 강한 면모를 보여 왔다.

학교가 문을 열자 학생들은 학교 폐쇄 공고와 파업 데모를 잊었다는 듯 학교로 돌아왔다. 신입생들도 모여들기 시작해서 학생도 200명 정도 늘었다. 그 이후 학기마다 학생 수가 200명 정도씩 꾸

준히 늘었고 최근 학기에는 400명이 늘어서 이 글을 쓰는 현재 전 교생이 2,000명이 넘었다. 교직원도 60여 명이던 정규직이 이제는 100명이 넘었다.

코로나 이후 다시 학교에 오게 된 학생들은 변모된 학교의 모습을 보면서 웃음을 띠었다. 수도 시설과 와이파이 설치, 3층짜리 과학관, 농작물 경작으로 푸르게 변한 캠퍼스, 웃자란 나무 그늘이 이들을 반겨 주었다.

개강한 지 며칠 지나지 않아서 학생회장 디오게네스가 편지를 한 통 들고 나를 찾아왔다. 편지에는 코로나 전에 데모한 것에 대해서 진심으로 사과한다는 내용이 쓰여 있었다. 그러면서 학생들도 학교생활에 성실하게 임할 터이니 총장님은 학교를 떠나지 말아 달라는 문구도 덧붙여 놓았다. 디오게네스는 학생들이 데모할 사안이 모두 없어졌다고 말했다. 데모할 당시 물의를 일으킨 직원 중 일부는 이미 학교를 떠났거나 보직을 이동했다. 고등교육위원회에서 공

▲ 난민 캠프에서 쿠미대학교에 입학한 학생들이다.

고한 학교 폐쇄의 두려움도 사라졌다. 디오게네스는 이미 모든 학과 프로그램을 인증 받았고 학교 환경도 좋아지고 신입생도 늘었으니 재학생들이 협력해서 학교 발전을 돕겠다고 했다.

나는 말없이 웃으면서 학생회장의 손을 잡고 "너의 미안하다는 말로 모든 것이 괜찮아졌다"고 답했다. 사실 테소 부족 사람들은 미안하다는 말을 잘 못한다. 분쟁 중에 "미안하다, 잘못했다"라는 말을 하는 사람은 죄가 있다 여겨 즉결 처단해 버렸기 때문이다. 그러니 미안하다는 말에는 큰 용기가 필요하다. 이후로 학생회는 학생 모집에도 참여하고, 학생들이 새로운 분위기에서 공부하며 활동하도록 많이 노력했다.

얼마 지나지 않아 코로나 전에 교수 파업을 주도했던 교수협회 회장도 나를 찾아왔다. 그동안 학교 일을 하면서 마주칠 일이 여러 번 있었지만 나는 그에게 아무런 이야기도 하지 않았고, 그 역시 조용히 학교 일에 협력해 왔다. 공식적으로는 서로 말을 아끼고 있었기 때문에 무슨 말이라도 하면서 마무리를 해야 했다. 그도 내 사무실에 편지를 들고 찾아와서 미안하다는 말을 했다. 학교가 어려울 때 협력하지 못하고 파업한 것에 대한 사과였다. 그런데 나는 이미 이들의 파업이 단지 해당 교직원의 부당한 증명서 발급 때문은 아니라는 것을 알고 있었다. 고등교육위원회의 학교 폐쇄 공고에 대한 불안 심리와 제대로 지급되지 못한 월급, 더 큰 이유는 해당 교직원에 대한 질투심 때문이었다.

보직 이동을 하게 된 해당 교직원은 전임 총장 때부터 한국 사람들과 긴밀한 관계를 가지고 있었고, 한국인 리더의 이야기를 충실하게 수행하던 직원이었다. 이는 다른 말로 하면 자기 동족에게는 다소 과격한 결정도 그대로 집행하는 높은 직급의 교직원이었던 것이다. 그가 총장 비서로, 인사과장으로 그리고 최종적으로 학교 직급 중 가장 높은 교무과장으로 올라가는 것을 본 교직원들은 불편했고 그를 내보내기로 마음먹었다. 나는 그 사실을 알고 있었으나 고맙다고 간단히 대답했고 손을 내밀어 잡아 주었다. 그는 학교 발전을 위해서 최선을 다하겠다는 말을 했다.

코로나 이전에 나를 무기력하게 했던 일은 이렇게 모두 해결되었다. 코로나 이후 다시 모이게 된 쿠미 공동체는 한결 힘이 생겼다. 그리고 내가 기대한 대로 쿠미대학교는 우간다 최고의 대학교가 되어 가고 있다. 내가 이 시점에 우리 학교가 우간다 최고의 대학교라고 말하는 데는 이유가 있다. 학교 평가 차 내방한 고등교육위원회 위원들이 우리 학교를 마케레레대학교와 비교했다. 동아프리카에서 가장 역사가 깊고 많은 재원을 정부에서 지원하는 마케레레는 분명 우리 학교보다 우위에 있다.

하지만 우리 학교는 코로나 전후를 비교해서 우간다에서 가장 많이 성장한 학교다. 실제 대학 평가에 있어서도 52개 대학 중 38위이던 대학 랭킹이 27위로 올라갔다. 아직도 갖춰 나가야 할 것이 많지만 어려운 시기에 함께 노력하면서 여기까지 일구어 왔다. 그리고 실제로 우리 학생들은 졸업식 즈음에 이런 노래를 작곡해서 춤을 추며 불렀다.

"우간다 최고의 대학교, 쿠미대학교. 동아프리카 최고의 대학교, 우리 쿠미대학교."

아프리카에서
부르는 바람의
노래

축구, 축구,
축구!

아프리카 사람들이 가장 좋아하는 스포츠는 축구다. 이들은 박지성과 손흥민 선수도 잘 안다. 남자 아이들의 취미는 대부분 축구이고 여자 아이들은 축구 관람하기이다. 그래서 학교에서도 가장 중요한 운동 종목은 축구이고, 대학 간 열리는 축구 경기는 만사를 제쳐놓고 치러야 하는 중요한 일정이다. 경기 방식은 홈 앤드 어웨이 방식이다. 우리 학교에서 경기가 열리는 날은 자연스럽게 수업이 취소되고 모든 학생이 운동장으로 나간다. 원정 경기를 할 때도 재정을 들여 멀리까지 간다. 수도까지 가는 경우도 있다.

그런데 아쉽게도 우리 학교는 지금까지 성적이 좋지 않았다. 여섯 조로 구성된 예선전에서 상위권에 들어야 16강 토너먼트에 진출하는데 한 번도 거기까지 올라가 보지 못했다. 어찌 보면 당연한 일이다. 우리 학교 축구선수에게는 축구화가 없다. 축구공도 몇 개 안 되고 운동장 상태도 울퉁불퉁해서 제대로 공을 다루고 패스하기도 어렵다. 학생들은 왜소해서 날렵하기는 하지만 몸을 부딪치

며 경기하는 축구에서는 자주 넘어진다. 이런저런 이유로 우리 학교는 지금까지 참가에 의의를 두고 경기를 해왔다. 축구화와 축구공을 지원해 주기도 했지만 오래가지는 못했다.

그런데 코로나가 끝나고 재개된 대학 축구 리그에서 우리 학교가 조별 리그 2위를 차지하고 16강에 올랐다. 지금까지 우리가 이기는 경기를 별로 보지 못했던 학생들은 춤을 추고 소리를 지르며 좋아했다. 남학생들이 축구를 하면 여학생들 중 일부는 화려한 복장을 하고 경기장에 나타나서 부부젤라를 불어대기도 한다. 우리 팀이 골을 넣기만 하면 춤을 추며 운동장으로 달려가 축하하고, 경기가 끝나고도 한동안 모여서 춤추며 선수들을 격려한다.

학교의 축구팀 지원은 늘 부실했지만 학생 수가 늘어나면서 축구를 잘하는 학생들이 생기고 학교 분위기가 좋아진 것이 좋은 성적을 거둔 요인이다. 경기 내용 면에서 보면 탄데마와 스티븐의 활약이 눈에 띈다. 탄데마는 미드필더이고 스티븐은 스트라이커다.

이들의 활약이 팀이 이기는 데 결정적 역할을 했다. 이 둘은 남수단 난민 출신의 학생들이다. 2011년 남수단이 수단에서 독립하고 청소년 축구팀 육성을 위해서 한국인 코치를 영입한 적이 있다. 이 학생들은 당시 유소년 국가 대표팀 선수였다. 이 아이들은 과거의 한이라도 풀듯 몸이 부서져라 축구를 해서 우리 팀을 승리로 이끌었다.

나는 우리 학교 학생들이 축구 경기를 통해서 자부심이 더 고양되기를 바란다. 나의 생각을 아는지 모르는지 지난해 만들어진 브라스밴드는 축구 경기가 열리면 자진해서 단복을 차려입고 축구팀을 안내한다. 경기 전에 캠퍼스를 한 바퀴 돌고 경기장에 입장할 때 역시 그들이 앞장서서 풍악을 울리며 행진한다. 경기 중에는 악기를 팡팡 불어대며 응원을 한다. 중계방송 팀도 만들어서 분위기를 돋우고 학생 수가 많아져 경기장을 완전히 둘러싸서 응원하는 홈 팬들의 함성도 한몫한다. 운동장을 정비하고 학생들을 잘 먹이

◀ 대학 축구 리그에서 경기를 앞둔 선수들이 결연한 의지를 다지고 있다.
▲ 축구 경기 후 학생들이 승리를 만끽하고 있다.

아프리카에서
부르는 바람의
노래

고 훈련시켜서 언젠가 대학 축구 리그에서 우승하는 것이 내 하나의 소망이다.

우리 학교 학생들의 축구 경기뿐 아니라 지역사회 청소년 축구팀 육성을 위해서 나는 축구공 나누기 사업을 진행했다. 우리 마을 아이들은 쓰레기를 얼기설기 엮어서 공을 만들어 차고 논다. 물론 발은 항상 맨발이다. 지나가던 길에 그런 아이들을 볼 때면 제대로 된 공을 나눠 주고 싶었다. 고맙게도 광주의 한 교회 주일학교 학생들이 아프리카를 생각하며 보내 준 헌금이 동기가 되어 지역사회 청소년 축구팀에게 축구공 나누기를 시작할 수 있었다. 이 소식을 알게 된 교육대학 동창들도 기금을 모았다. 대부분 초등학교 교사들이어서 그런지 마음을 다해 축구공 구입비를 보내 주었다. 때로는 일을 벌여서 그 수입금을 보내 주기도 했다.

이 기금으로 지난 4년 동안 우리 지역에서 거의 달마다 한 팀에 하나씩 축구공을 나눠 주었다. 축구공을 받은 우리 지역 청소년 축구팀은 60개 정도 된다. 축구공은 무상으로 주지 않고 지역사회 청소하는 날을 잡아 쓰레기를 줍고 치운 후 주었다. 이 일은 우리 학교 봉사 단체 학생들과 함께 했다. 학생들은 대학생으로서 지역사회를 깨끗하게 하고 축구공을 나누어 주는 일에 엄청난 열심을 보였다. 학교 트럭과 내 차를 몰고 주말이면 동네를 누비고 다녔다. 덕분에 자역사회에서 우리는 유명 인사가 되었다. 내가 우리 학생들과 마을에 가면 온 동네 아이들이 두 손을 들어 환영의 인사를 건넨다.

◀ 마을을 청소하고 축구공을 선물로 받은 아이들이 즐거워하고 있다.

모두의 바람대로
브라스밴드

졸업식이 되면 학교에서는 인근 도시에서 청소년 밴드를 불러 졸업식 분위기를 돋운다. 붉은색의 낡은 티셔츠를 입고 연주하는 밴드를 보면서 우리 학교에도 밴드가 있으면 좋겠다고 생각했다. 무릇 행사에는 음악이 있어야 한다. 우리는 주로 녹음된 음악을 썼지만 언젠가 밴드가 현장에서 연주하면서 행사를 치르면 좋겠다는 이 해묵은 바람은 2023년도에 예기치 않은 방법으로 이루어졌다.

40여 년 전 나와 함께 공부했던 교육대학 동창들이 악기를 들고 우간다를 방문했다. 지금까지 나는 밴드를 만들기 위해서 기회가 되는 대로 밴드 악기를 모으고 있었다. 도시에 갔을 때 사 오기도 하고, 방문객에게 사용하던 악기를 가져다 달라고 부탁하기도 했다. 그런데 동창 중에는 지금까지도 밴드 활동을 하는 친구들이 있었고 이들이 아프리카 여행을 하고 싶어했다. 나의 희망 사항을 들은 친구들은 자신의 밴드 팀에서 쓰던 악기를 모으고, 주변 친구들에게도 광고를 해서 악기를 모았다. 일부 친구들은 돈을 보내서

▲ 브라스밴드에서 한 학생이 악기를 배우며 즐거워하고 있다.

아프리카에서
부르는 바람의
노래

악기를 사는 데 도움을 주었다. 부피가 큰 타악기와 한국에서 수집이 안 된 악기는 캄팔라에서 구했다. 그래서 제법 밴드를 구성할 수 있게 되었다.

친구들의 체류 날짜가 길지 않아서 나는 1일 악기 레슨 스케줄을 짰다. 방학 중인 지역 청소년들도 불렀다. 이 밴드를 지속적으로 운영하려면 지역 청소년이 필요했다. 동창들이 트럼펫과 트롬본, 색소폰, 기타 타악기 연주법을 가르쳤다. 학생들은 하루 만에 대열을 맞추어 북을 두드리고 엉터리 나팔을 불며 행진을 할 수 있게 되었다. 이미 보고 들은 것이 어느 정도 있었고, 이들이 가지고 있는 타고난 리듬감이 한몫했다.

이렇게 하루를 보내고 친구들은 떠났다. 그런데 악기를 배우던 학생들의 열정은 멈추지 않았다. 이웃 도시에서 악기를 배운 졸업생이 와서 코치를 자원했다. 저녁마다 악기 연주 소리가 교정에 울려 퍼졌다.

그리고 두 달 만에 학교 행사에서 국가와 부족가, 교가 등을 행진곡과 함께 연주했다. 고맙게도 우리 대학교 이사장이 학생들에게 멋진 유니폼을 맞춰 주었다. 붉은색 상의에 노란색 띠를 두르고 붉은 줄을 위아래로 새긴 검은 바지에 베레모까지 있었다. 제법 폼이 나는 우리 학교 브라스밴드는 이제 다른 학교 행사에 출장을 갈 만큼 성장했다. 허름한 청소년 밴드가 아니라 대학생들로 구성된 밴드의 행진 위세는 뭔가 다르다는 것을 동네방네 알리고 있다.

이제는 본인들 연주 실력보다 더 나아진 우간다 학생들의 행진

◀ 쿠미대학교 브라스밴드 단원들이 열심히 연습 중이다.
◀ 브라스밴드 단원들이 학교 행사에서 행진을 앞두고 있다.

과 연주를 보면서 동창들도 매우 행복해한다. 그런데 사실 더 놀란 것은 나 자신이다. 브라스밴드를 만들기 전에도 학생들이 무엇인가를 하고 싶어 하는 마음은 잘 알고 있었지만 이렇게까지 열심히 할 줄은 정말 몰랐다. 관악기를 단시간에 배워서 연주할 수 있다는 기능적인 진보도 그렇지만 시간을 내고 노력을 들여서 함께 연주하는 일을 이렇게 즐기며 잘하게 될 줄은 몰랐다.

그동안 우리 학생들에게는 기회가 없었을 뿐이다. 이들에게는 새로운 것을 접하면서 본인이 무엇을 할 수 있는지, 얼마만큼 할 수 있는지 실험하고 시도할 기회가 없었다. 비단 이 밴드 활동만 그러랴. 거의 모든 분야에서 우리 학생들은 없어서 못할 뿐이다. 먹고 싶은 것도 못 먹고 해보고 싶은 것도 못하다 보니 학교에서 운영하는 새로운 행사 참여율이 대단히 높다. 세미나나 특강에도 잘 참석하고 열심히 배우려고 한다.

악기도 더 마련하고 연습을 더해서 행진곡이나 의식곡 정도가 아니라 클래식과 현지 축제 음악도 연주할 수 있기를 기대한다. 그래서 우리 우간다 젊은이들의 기상을 온 세상에 알리기를 바란다. 음악이 주는 이 강한 힘이 학교 안에 감돌고 있는 것이 내게는 이들이 무엇이든 할 수 있다는 희망의 증거처럼 보인다.

아프리카에서
부르는 바람의
노래

장학금이라는
딜레마

우리 학교는 학비로 교직원 월급도 충당하지 못하는 어려운 형편이었다. 후원금이 있어야 학교 운영을 정상적으로 할 수 있는 상황에서 학생들에게 장학금을 준다는 것은 모순이다. 그런데 덜컥 남수단 난민 캠프와 이웃 나라에 다녀온 전임 총장이 학생들 20여 명을 우리 학교에 데려왔다. 학비를 받지 않는 것은 물론 이들의 생활비도 지원해 주는 조건이었다. 많은 금액은 아니었으나 학생들은 생활비를 지원받으며 안정감 있게 공부했고, 처음 입학한 학생들은 지금 모두 졸업해서 제 나라에 가 있다.

후원금이 없는 상태에서 이 학생들에게 장학금을 주다 보니 학교 내부에서 약간의 갈등이 있었다. 우간다 학생들의 학비로 남수단 학생들이 생활한다는 이야기가 돌았고 실제로 갈등 상황이 빚어지기도 했다. 나는 이들을 위한 모금을 서둘렀고 이 문제는 오래가지 않아 해소되었다.

학교 일을 시작하고 난민 캠프를 방문한 후로 난민 장학생을 늘리기로 했다. 그곳의 많은 학생이 대학 진학을 희망하고 있었고, 이들에 대한 후원금을 개발하기만 하면 이들은 학교를 위해서도 좋은 인재들이었다. 사실 교육의 효과는 무엇을 가르치는가보다 어떤 구성원이 함께 공부하는가가 관건이다. 학교에서는 학생의 10퍼센트 내외에서 국제 학생을 장학생으로 선발했다. 현재는 100명이 넘는 국제 학생들이 재학하고 있다. 다수는 남수단 난민 캠프에서 왔고, 케냐와 콩고, 브룬디, 르완다에서 온 학생들도 있다.

그러자 아무런 장학 혜택을 받지 못하는 우간다 학생들이 눈에 들어왔다. 가난하기는 마찬가지다. 나라 없이 가난한 학생, 나라가 있어도 가난한 학생이 우리 학생들이다. 이미 성적 장학금과 결손가정 장학금 제도가 있기에 학교생활에 열심인 학생들에게 장학금을 주는 제도를 신설했다. 장학금 이름은 'Honorary'(명예의)라고 붙였다. 성적 기준을 만들고 학교의 네 가지 가치에 따라서 생활 점검표를 만들었다. 그리고 이 장학금을 신청한 학생들의 생활을 평가하여 장학금을 주었다. 장학금은 성적이 양호한 것은 기본이고 성숙한 인격과 신앙, 실제 클럽활동과 봉사활동에 참여해서 기여도와 리더십이 뛰어난 학생들에게 준다. 우리 학교 설립 취지에 맞는 장학금이다. 이 장학금의 대부분은 나의 총장 직무가 걱정되어서 만든 후원 조직인 '개미 가족'의 후원금에서 나온다. 마침 부산의 한 선생님이 퇴직하면서 퇴직금 일부를 학교에 기부해서 이 기금을 명예 학생 장학금으로 쓰기로 했다. 이후 간헐적으로 들어오는 기부금을 명예 학생 장학금으로 활용했다. 지금은 개미 가족이

정기적으로 보내 주는 기부금으로 이 장학금을 이어 가고 있다.

학생들을 돕고 싶어서 후원금을 보내오는 이에게는 유력한 학생을 소개하여 결연식 후원을 한다. 학생들 중 우수 학생이나 형편이 어려워 학업을 지속하기 어려운 학생들에게 이 혜택을 준다. 이런 장학금에는 어떤 조건도 없으나 장학금을 받은 학생들은 더 열심히 학교생활을 한다.

7년 전 우간다에 처음 와서 만난 몇몇 선교사들의 우간다 사람들에 대한 평가는 대단히 부정적이었다. 심지어 10년 동안 사람들을 가르쳐 왔으나 아직 한 명도 믿을 사람이 없다는 이야기를 하는 선교사도 있었다. 내가 아직 그 정도 연륜이 되지 않아서인지 아니면 나와 일하는 교직원들과 학생들이 달라서인지 우리 학교에는 꽤

▲ 쿠미대학교 졸업식 날 졸업생들과 가족들이 기뻐하고 있다.

찮은 사람들이 상당히 많다. 워낙 가진 것이 없기 때문에 유혹에 쉽게 넘어갈 수도 있고, 현대 사회 문명을 받아들이면서 배워야 할 것이 있는 것은 분명하지만 아직 이들은 생존 문제가 더 중요한 사람들 아닌가.

학기가 시작되면 나는 학생들에게 '나의 인생 이야기'(My Life Story)를 써 오도록 숙제를 내준다. 남수단 난민 학생들의 참혹한 스토리와는 비교할 수 없지만 이곳 농촌 사회에 사는 우간다 학생들의 인생사도 찬란하다. 일부다처제 상황에서 자녀들은 많고 농사를 짓는 것으로 충분하지 않은 살림살이, 궁핍한 가정생활에 대한 이야기가 대부분이다. 거기에 자녀들이 다 학교에 다닐 수 없어서 뛰어난 아이만 대표 선수처럼 공부하게 되는 상황이 일반적이다. 학교에 다니다가 돈이 없어서 중도에 포기하는 경우는 거의 모든 학생에게 해당하는 이야기다. 용케 대학까지 오게 된 우리 아이들은 마을에서 드문 인재가 된다. 이 아이 하나를 공부시키기 위한 온 가족의 노력과 희생이 이들의 인생사에 들어 있다.

이런 이유로 나는 내가 재임하는 동안 절대로 학비를 인상하지 않기로 작정했다. 장학금은 누군가 돕는 사람이 있어야 그만큼 줄 수 있다. 나는 학교의 경영자이고 학교는 등록금 외의 재원이 있어야 교직원들 월급도 주고 교육 활동도 할 수 있다. 내게 장학금을 요청해 오는 학생도 많고 내가 장학금을 주고 싶은 경우도 많지만 재원 없이 다 베풀 수는 없다. 지금도 우리 학교는 대학들 중 학비는 가장 싸면서 장학금은 많이 주는 학교로 알려져 있다. 형편

아프리카에서
부르는 바람의
노래

이 어려운 학생들을 가능한 한 많이 돕고 싶지만 내가 할 수 있는 범위에는 늘 한계가 있다.

끼니를 함께하는 사람들

총장에 취임한 지 얼마 되지 않았을 때, 기숙사에서 사라라는 학생이 숨졌다. 얼굴도 한 번 보지 못한 학생이지만 학교에서 홀로 쓸쓸히 죽어 갔다는 사실에 마음이 무너지는 것 같았다. 사인은 장 폐색이었다. 제대로 먹지 못한 것이 영향을 끼쳤다.

이 사건 이전부터 우리 학교에서는 일주일에 한 번 점심을 학생들에게 제공하는 프로그램을 실시해 왔다. 이른바 "성경 읽고 점심 먹기"이다. 매주 월요일 아침 한 시간 동안 성경을 읽으면 점심 식사를 제공한다. 이는 한국의 Grace and Mercy(은혜와 자비)라는 재단에서 회사원과 대학생들에게 성경을 읽으면서 점심 식사를 하게 하는 프로그램이 우리 학교에까지 전해진 것이다.

그런데 아쉽게도 코로나 이전에 이 재단에서의 공급이 끊어졌다. 일주일에 한 끼라도 주는 것을 그만둘 수 없어서 다른 재원을 들여 지속적으로 식사를 제공했다. 성경을 읽는 것도 중요하고 한 끼라도 먹는 것이 중요하기 때문이다. 배가 고파 본 사람은 안다. 주

▲ 한 학생이 점심 식사 전에 성경을 읽고 있다.
▲ 성경을 읽은 학생들이 점심 식사 배식을 기다리고 있다.

린 배를 안고서는 아무것도 할 수 없다.

우리 학교는 기독교 학교이고 대부분의 학생은 자신이 기독교인이라고 말하지만 성경책을 가지고 있는 학생은 드물다. 이런 저런 성경 이야기를 들어서 알고 있는 정도다. 성경을 읽거나 공부하는 시간을 주어야 한다고 생각했기 때문에 이 프로그램을 중단할 수 없었다.

아프리카 문화에서 먹는 것은 대단히 중요하다. 사람을 초대하는 경우 당연히 음식을 대접해야 하고, 혹시 누군가 먹고 있는 것을 보면 관계없는 사람들도 끼어들어 함께 먹는다. 누구도 이런 일에 대해서 뭐라고 하지 않는다. 음식을 만들어 망고나무 아래 놓으면 이웃집 아이들도 와서 한 그릇에 같이 손을 넣어 음식을 먹는다. 음식을 먹으면서 생존을 같이 한다고 생각하는 것 같다. 이런 이유로 학교에서는 행사를 개최하면 음료수라도 준비해 놓는다. 이런 때에라도 참석해서 함께 배우고, 나누고, 즐기는 것을 이들은 매우 좋아한다. 그래서 때만 되면 어떤 재원이든 끌어들여서 먹는 데 쓴다.

재정 지원이 중단된 후에도 '성경 읽고 한 끼 먹기'를 지속할 수 있게 도와준 이가 있다. 부산의 이재모피자 사장인 김익태 장로다. 김익태 사장은 나를 만난 지난해 초에 우리 학교에 정기 후원을 약속했다. 음식을 팔아서 번 돈을 보내 주는 것이니 학생들 급식에 쓰는 게 좋을 것 같아 숙원 사업이던 학생들 점심 급식에 후원금을 썼다. 김익태 사장은 지금 준비 중인 분점을 잘 개점하면 기존에 하

던 만큼 더 후원하겠다고 말했다. 그리고 약 6개월 후 연락이 왔다. "총장님, 어제 서면 분점 개점식을 했습니다." 그리고 그 달 그의 후원금은 두 배로 늘었다. 잠시 한국에 갔다가 부산국제시장의 이재모피자 매장에서 그를 다시 만났다.

"총장님, 어떻게 지내세요. 학교는 잘 되어 가고 있죠?"

"예, 코로나가 지나고 학생이 두 배나 늘었어요."

"좋은 소식이네요! 뭐 어려운 일은 없으세요?"

"문제는 늘 있지만, 제 사랑이 부족한 게 가장 큰 문제죠."

"총장님, 학생이 두 배나 늘었다니, 저도 후원금을 두 배로 올리겠습니다."

이미 약속한 금액의 두 배를 후원하면서 또 두 배를 올렸으니

▲ 아이들이 한 그릇에 손을 넣어 음식을 나눠 먹고 있다.

처음 약조한 금액의 네 배나 후원하는 것이었다. 그래서 학교는 일주일에 네 끼의 점심 식사를 학생들에게 제공할 수 있게 되었다. 최근 한 기독교 방송에 출연한 나의 이야기를 듣고 후원자가 생기면서 나머지 한 끼도 해결되었다.

총장 취임 직후에 겪게 된 사라의 죽음에 대해서 나는 소리도 못 내고 혼자 기도했다. 이런 일이 다시는 일어나지 않기를, 그리고 가능하면 하루 한 끼의 음식을 학생들에게 제공할 수 있기를 간절히 바랐다. 그리고 이 기도는 5년 만에 학교를 돕는 천사들을 통해서 이루어졌다. 은혜는 늘 예기치 않은 때에 의외의 방법으로 온다.

물론 무료 급식을 학생들에게 거저 주는 것은 아니다. 기존에 해오던 대로 월요일은 성경 읽기, 화요일은 소그룹 성경 공부, 수요일은 책 150페이지 이상 읽기, 목요일은 클럽 활동이나 봉사활동 하기를 해야 점심 식사를 할 수 있다. 주일은 예배 후에 간식과 음료를 나눈다. 학생들의 자존심도 지키고 신앙과 독서, 봉사와 클럽 활동을 증진시키는 일석이조의 급식이다. 이 밖에도 개강식이나 종강 파티도 주중, 주말, 계절제 학생별로 실시하고 학교에 귀한 손님이 오면 잔치를 벌인다. 평소 한 끼는 한국 돈으로 1,000원이면 충분하고 특별한 날은 2,000원 정도 든다. 우리 학교를 학생들은 우간다 대학 중 유일하게 점심을 제공학는 학교라고 자랑하고 다닌다.

성장과
성장통

우리 학교 교목님은 청소년 때 장래희망이 장군이 되는 것이
었다고 한다. 그는 학교 인근에 훈련 센터를 만들어 지역사회 목회
자와 영성 훈련에 관심 있는 사람들을 훈련해 왔다. 한 번에 열다섯
명 내외가 한 공간에서 먹고 자며 군대식 초강도의 영성 훈련을 한
다. 보통은 일주일씩 했는데 전략을 바꾸면서 지금은 8주 정도 훈련
한다. 두 달이나 되는 기간이다. 새벽에 기도하고, 오전과 오후에는
성경을 읽고, 저녁에는 강의를 하는 식이다. 이 훈련 센터에서 지난
해부터 우리 학교 학생들도 훈련하게 되었다.

진작부터 교목은 그렇게 하고자 했으나 시간이 맞지 않았고 특
별한 계기가 없었다. 그런데 일 년 전에 국제 학생 수가 많아지면서
규정상 학생을 더 받을 수 없게 되었다. 그래서 입학을 희망하는 학
생들을 이 훈련 센터에서 먼저 받기로 했다. 그러니까 훈련 센터에
들어온 학생들은 한 학기 늦추어 대학 공부를 하게 되는 것이다. 장
학금을 받으면서 학교생활을 하기 위해 어쩔 수 없이 훈련 센터에

들어가야 하는 학생도 있었다. 그런데 훈련을 할수록 이들은 눈빛이 밝아지면서 성경이 이런 책인 줄 몰랐다, 하나님이 이런 분인지 이제야 알게 되었다, 이제부터는 예수님을 위해서 살겠다 등의 이야기를 했다. 훈련하는 목사님도, 그 옆에 있는 나도 흥분되었다. "먹을 것 걱정 안 하고, 어디서 자야 하는지 살피지 않아도 되는 것이 얼마 만인지 모르겠어요. 여기 있는 것이 꿈 같아요." 훈련이 어떤지 묻는 내게 난민 캠프에서 온 케네디는 이렇게 대답했다.

이 아이들은 새 학기 신입생이 되자마자 학교 여러 부서에서 리더가 되었다. 기도 모임과 성경 공부 모임, 각종 봉사활동 프로그램에서 적극적으로 활동했다. 학번으로 선후배를 가리거나 신입생과 재학생의 나이를 구분하지 않으니 입학하면 바로 친구들이 된다. 국제 학생을 당장 받기 어려워서 시작한 입학 전 영성 훈련이 가져온 효과다. 학교가 필요로 할 때 여기저기서 웃으며 나타나고 나중에는 고국으로 돌아가서 좋은 지도자 역할을 할 학생들을 이렇게 가까이 지내며 알게 되는 복이 우리에게 있다. 이제는 입학 전 영성 훈련을 장학생으로 입학하는 신학과 학생들로까지 범위를 넓혀서 진행하고 있다.

지난 학기부터는 소그룹 성경 공부 모임도 시작했다. 목사님 부부가 남녀 리더들을 가르치면 그들이 소그룹을 만들어서 성경 말씀을 나누고 기도회를 인도한다. 이 외에도 주일이면 지역의 많은 아이들이 대학 교회로 몰려온다. 선교사님들은 혼신의 힘을 다해 아이들을 가르친다. 대학 교회 주일학교에는 20여 명의 학생들

▲ 학생들이 새로 지은 강당에서 예배를 드리고 있다.

이 봉사한다. 아이들은 영어를 잘 못 알아듣고 부족어인 테소어를 주로 사용하기 때문에 우리 학생들이 통역도 하고 분반 공부도 인도한다. 그리고 이 중간 역할은 신학과 공부를 끝낸 데이비드가 한다. 데이비드는 난민 캠프로 돌아가는 것을 조금 늦추고 대학 교회에서 전도사 노릇을 하고 있다. 목사님을 도와 부목사 역할을 하는 조엘도 우리 학교 신학과 출신으로, 세베이 부족이다. 이들은 서로 눈빛만 봐도 무엇이 필요한지 알 만큼 친밀한 관계 속에서 일하고 있다.

학생이 늘어나는 만큼 이들을 수용할 새로운 공간이 필요했다. 적어도 1,000명은 들어갈 만한 다목적 공간이 필요했다. 우리 학교 이야기를 들은 ㈜이롬의 이유진 님이 선뜻 강당 건축을 후원했다. 그분의 남편은 기독교인이 아닌데도 부부가 함께 이렇게 큰 후원을 해주었다. 코로나가 끝나면서 시작한 공사는 일 년여 만에 끝났다. 이곳에서 예배와 집회는 물론이고 체육 행사까지 할 수 있게 되었다. 강당 뒤편은 부분 복층으로 만들어 식당과 주방을 설치해서 학생들이 행사하면서 음식도 먹을 수 있도록 만들었다.

아직은 학생들이 스스로 파티를 열 형편이 되지 않아서 소그룹 모임 장소로만 쓰이고 있지만 언젠가 그들이 이곳에서 함께 먹고 마시면서 교제할 수 있으리라 생각한다. 한국의 그럴듯한 강당이나 공연장과 비교하면 아직도 창고 수준의 공간이다. 음향이나 조명은 언감생심 기대하기도 어렵다. 그런데 교직원과 학생들은 이 강당을 그렇게 좋아하고 행사 때가 되면 아름답게 꾸며 놓는다. 학생들의 내적 성장과 강당 구비 등을 통한 외연 확장은 학교 성장의 징표가 되었다.

학생들이 많아지고 학교의 각종 지표가 좋아지면서 동시에 해야 할 일도 많아지고 문제도 생기기 시작했다. 학생들은 학생회장을 선출하는 과정에서 무리지어 힘을 과시했고, 선출 이후 각 과의 대표로 구성된 학생 의회는 자신들의 권리와 이익을 주장했다. 그 과정에서 학생회장과 의견 충돌이 생기자 탄핵 절차를 밟았다. 옳고 그름을 판단하기도 전에 루머가 만들어졌고 결과적으로 학생회장은 자리에서 물러나게 되었다. 같은 캠퍼스에서 공부하는 교우 사이에서 서로 배려하지 못하고 과격한 집단행동을 하는 모습을 보면서 나는 마음이 많이 아팠다. 어른들의 치졸한 정치적 행동을 답습하는 모습을 보는 것이 힘들었다.

이런 일은 교직원 사이에서도 발생했다. 과거 코로나 봉쇄 이전에 일어났던 교직원 파업과 비슷한 일이 일어나고 사실 확인과 관계없이 심증이나 과거의 행적을 근거로 대학의회를 열어 한 교직원을 해고했다. 이 역시 학교에서 회자되는 루머와 학생들의 소요를 잠재우는 것이 목적인 결정이었다. 외국인 총장인 나를 가운데 두고 모든 방법을 동원해서 자신들의 목적을 관철해 가는 과정은 일반적인 정의와는 거리가 멀었다. 이런 결정들이 내게 준 충격은 컸다. 이들에 대한 나의 사랑이 그저 낭만이었음을 알게 해주는 사건들이었으며 비슷한 일이 반복적으로 일어난다는 것을 알게 되니 좌절감까지 들었다.

아프리카에서
부르는 바람의
노래

학교의 외양이 좋아지고 있는 상황에서도 이런 일을 감당해 내기가 쉽지 않았다. 외국인이 학교의 중심에서 집단을 운영하는 일은 하지 않는 것이 좋겠다는 나의 생각을 한 번 더 확인해 주는 일이기도 했다. 나의 이해 수준이 일천하기도 하지만 이들을 잘 안다고 해도 제대로 된 해결책을 만들지 못하면 정신적 부담만 가중된다. 성장이 주는 기쁨이 있지만 그 과정에는 아픔도 양산된다. 커지는 재정 상태를 자신의 유익을 얻는 기회로 삼으려는 사람들도 있고, 각종 루머를 만들어 무리짓는 사람들도 있다. 정치적 상황을 파악하여 말이나 태도를 바꾸는 사람들이 본래의 모습을 드러내면서 수습이 어려워지는 경우도 생긴다. '악한 사람들과 거룩하지 못한 집단을 통해서 하나님의 의와 평강과 희락의 나라를 만들어 가는 것'이 성경의 이야기라고 신학자 톰 라이트가 말했다. 그 인간 세상과 하나님 나라의 중간 어디쯤 서 있는 나는 수렁에서 허우적거리는 사람이고 헤어 나올 에너지를 잃어 가고 있었다.

◀ 완공을 앞둔 강당의 전경이다.

끝나지 않은

여정

세 카데,
그리고 6개월 더

학생회장의 탄핵과 부당한 직원 해고 사건을 겪으면서 나는 조용히 답답한 마음을 달래고 있었다. 학생들이 무엇인가를 요청해 오거나 교직원들이 내게 와서 아쉬운 소리를 해도 흔쾌히 도와주기 어려웠다. '학생들끼리는 너희가 말하듯 서로가 형제인데 형제들끼리 다투고 탄핵시키는 상황에서 내가 어떻게 도울 수 있겠는가. 교수들과 직원들은 나를 파파라고 부르면서 가까이 하려고 하지만 실제로 그렇다면 어떻게 형제와 다름없는 교직원을 정당한 이유도 없이 해고해 버릴 수가 있는가. 내가 어떻게 너희와 함께 일할 수 있겠는가.' 이 사람들을 사랑하겠다고 찾아간 우간다에서 갖게 된 낯선 마음이 한동안 지속되었다. 자기 사람들을 사랑하시되 끝까지 사랑하시는 예수님처럼 마음을 바꾸는 일은 쉽지 않았다. 선교사로서 자괴감이 들었다.

나의 심리적 상태와 관계없이 새 학기가 시작되자 학생들은 더 늘어났다. 코로나 이후에는 한국의 후원자들에게 교직원 월급을 후원해 달라고 부탁한 적이 없다. 이제는 적어도 직원 월급은 걱정하지 않아도 되었다. 총장직을 시작할 때 있었던 9억 실링의 밀린 세금도, 은행 빚도 갚았고, 새 버스와 강당도 생겼다.

하나님은 서로 다투고 미워하는 이들도 여전히 사랑스러우신 걸까, 아니면 나를 격려하시려고 그러시는 걸까. 알 수 없는 이유로 학교는 빠르게 성장하고 있었다. 늘어나는 학생들을 위해서 교수를 더 채용하고 부족한 교실을 만드느라 학기 초 한 달은 분주하게 움직여야 했다.

성격상 나는 다른 사람들에게 싫은 소리를 잘 하지 못한다. 그런 말은 해봐야 별로 이득이 되지도 않는다는 것을 경험적으로 알기 때문이다. "거만한 자를 책망하지 말라 그가 너를 미워할까 두려우니라 지혜 있는 자를 책망하라 그가 너를 사랑하리라"(잠 9:8)라는 말씀처럼 야단을 치더라도 정말 사랑하는 마음으로 해야지 그렇지 않다면 아무 말도 하지 않는 것이 낫다. 과거 어떤 이는 나의 이런 태도를 보고 "교장이 박력도 없고 너무 비실비실하다"라고 평하기도 했다. 그러나 나는 생각한다. '언젠가 때가 되면 알겠지. 좋은 이야기를 하면서 긍정적으로 순화해 가야 한다. 이들은 어떤 면에 있어선 부족한 부분이 있지만 보통 때는 감탄할 만큼 헌신적으로 일하지 않는가. 조금 더 기다려 주자. 힘들지만 내가 삼키고 기대하며 기다리자.'

평소 알고 지내는 한 의사 선생님이 학교에 일정 금액을 후원하고 싶다고 연락해 왔다. 나는 조심스럽게 학생과 교직원이 점심

아프리카에서
부르는 바람의
노래

식사도 하고 예배 후에는 교제도 할 수 있는 카페를 만드는 데 이 후원금을 사용해도 될지 물었고 그도 흔쾌히 그렇게 해달라고 답해 왔다. 사실 이 시설은 나에게 있어 상징적인 건축물이다. 일단 외양은 흔한 전통식이다. 지붕은 짚으로 엮고 옆은 바람이 통하도록 뚫려 있으며 내부에는 좋은 탁자와 의자를 놓았다. 한쪽에는 커피나 케이크를 진열하고 팔 수 있는 주방 공간도 만들었다.

교직원들은 지금까지 점심 식사를 망고나무 아래서 해왔다. 나무 아래서 밥을 먹거나 활동하는 것이 시골 마을에서는 당연한 일이다. 다행히도 그 시간에는 거의 비가 오지 않기 때문에 불평하는 사람도 없었다. 나도 그곳에서 같이 점심 식사를 했지만 마음으로는 내내 미안했다. 그런데 이들이 식사할 수 있는 건물을 완공하고 나니 그렇게 좋을 수가 없었다. 이곳에서 우리는 함께 식사하고 교제를 나누었으며, 밤에는 학생들이 공부를 했다. 주일 예배를 마치고 이곳에서 함께 빵을 먹고 차를 마시며 교제하는 모습은 감동적이다. 한국 교회에서는 대부분 주일예배가 끝나면 같이 점심을 먹는다. 서양 교회에서도 예배 후에 다과를 나누며 서로의 안부를 묻는다. 이제 우리 학생들이 예배 후에 그냥 기숙사로 돌아가는 모습을 보지 않아도 된다.

학교는 커지고 있지만 여러 이유로 나는 총장 임기가 끝나는 날을 기다렸다. 아주 많이 기다렸다. 선교사라는 이름 자체가 버겁고 주제넘는 일인데다가 어쩔 수 없이 맡게 된 책임이지만 대학교 중심부에서 중요한 일을 결정하고 실행하는 일은 내게는 늘 과부

◀ 카페를 건축하는 모습이다.

하가 걸리는 일이었다. 내 십자가 언덕의 끝, 이 십자가를 내려놓을
지점은 총장 임기를 마치는 그 날이었다. 그때가 되면 나는 뒤도 안
돌아보고 이 일을 끝낼 것이라고 생각했다. 그래서 미리 사무실도
정리하고 인수인계서 쓰는 연습도 해놓았다.

그런데 나의 속도 모르는 직원들은 대학의회가 열리기 며칠 전
에 총장 임기를 연장해서 최소한 4년은 더 총장직을 맡아 달라는
서신을 가져왔다. 뒷장에는 각 학부의 모든 교직원들의 서명이 빠
짐없이 첨부되어 있었다. 서신에는 "그동안 홍 총장이 해온 일들은
쿠미대학교의 역사적 발전에 새로운 전환점이 되었다. 아버지의 마
음으로 학생과 직원들을 사랑해 준 것을 깊이 감사한다. 그러나 앞
으로 정식 허가도 받아야 하고 지금까지 이루어온 것을 바탕으로
계속해서 발전하고 싶다. 그러니 우리와 함께 더 일해 주길 바란다"
는 내용이 담겨 있었다. 한때 파업으로 부당해고 같은 일을 주장하
던 교수들이 이런 편지를 가져왔다. 대학의회에서도, 지난번 이사
회에서도 이미 같은 내용을 내게 부탁해 왔었다. 그리고 신임 총장
은 아직 선임되지 않은 상황이었다.

나는 총장 임기가 끝나면 안식년 차 한국에 가서 할 일을 이미
다 계획해 놓았다. 말년 병장이 제대할 날을 손꼽아 기다리는 심정
이 이와 비슷하리라. 그동안 가 보지 못한 곳에 가 보고, 만나지 못
했던 사람들을 만나고, 미뤄 두었던 집필도 끝낼 것이다. 지난번 한
국 방문 때 의사가 권했던 것처럼 몸을 보살필 시간도 갖고 싶었다.
특히 공방을 운영하는 아내의 몸무게가 초등학교 1학년 손녀와 비

▲ 새로 지어진 카페의 전경이다.

숫할 정도로 몸이 쇠약해져서 나는 반드시 이번 기회에 구레네 사람 시몬의 이 십자가는 벗어던지고 싶었다. 그리고 이미 파송 교회인 모 교회와 교사들 모임에도 "총장 임기를 마치면 파송 선교사 신분을 그만하게 해달라"고 편지를 보냈다. 나이도 65세가 넘었으니 나의 제안은 자연스러운 것이었다.

고맙게도 신임 총장이 정해졌고 5개월 후에 우리 학교에 올 수 있다는 소식을 받았다. 나처럼 임시로 어설프게 역할을 감당할 사람이 아니라 대학을 제대로 운영할 수 있는 사람이 오기를 기대했고, 그런 분이 오기로 했다고 한다. 그러니 나는 6개월만 더 이 역할을 하면 된다. 사실 6개월도 짧은 기간은 아니다. 이 기간에 학교 운영상 해야 할 일이 많기 때문이다. 결국 나는 나의 자유를 6개월 더 붙잡아 두기로 했다. 그때가 되어 골고다 언덕을 그만 오르게 될 것을 기대하고 있다.

이런 마음이나 태도가 선교사로서 좋은 것은 아닌 것 같다. '날마다 자기 십자가를 지고 나를 따라야 한다'는 성경 말씀에 반하는 자세인 것이 틀림없다. 그러나 선교사라고 해서, 일하는 것이 이렇게 부담이 되니 나를 도와달라고 간청하는 마음이 인간적으로 그렇게 못된 태도는 아니지 않은가. 여하튼 이 모든 일들은 내가 기독교인이고 선교사라는 이름의 주제넘은 삶을 살기로 작정하면서 생긴 일이기 때문에 크게 할 말은 없다.

추측 항법

나는 한 학기에 두 번 정도 학생 채플의 강단에 올라간다. 교직원과 학생이 모이는 자리에서 설교를 하는데, 설교라기보다는 나눔이라고 말하면 좋을 이야기를 주로 한다. 이번에는 신입생 오리엔테이션과 겸하는 채플이라서 사람들이 총장인 나를 앞에 세웠다.

내가 나서면 일단 사람들이 긴장한다. 귀를 기울이고 집중해서 들어야 내가 하는 영어를 알아들을 수 있기 때문이다. 나의 어색한 영어는 오히려 청중의 집중도를 높인다는 장점이 있다. 영어를 잘 못하면서도 나는 원고를 보고 읽기보다는 사람들의 얼굴을 보면서 이야기하는 것을 좋아한다. 그래서 준비해 놓은 원고도 잘 보지 않고 마구 말한다. 언젠가 아들 이삭이가 내가 하는 영어를 듣고는 괜찮다고 칭찬해 준 이후 더욱 용기를 갖게 되었다. 이번에 내가 학생들과 교직원들에게 전한 이야기는 대략 이런 것들이다.

우간다 날씨와 자연환경은 세계 최고입니다. 사람들의 외모와 성품도 세계 최고입니다. 남자들은 잘생기고 키가 크며 근육질입니다. 여성들은 아름답습니다. 코로나 같은 바이러스는 다 이겨 낼 만큼 강인합니다. 주관적인 평가가 아닙니다. 실제로 여러분의 패션 감각이나 머리 스타일, 웃는 모습은 너무나 아름답습니다. 거기에 여러분은 머리도 좋습니다. 이것은 사실입니다. 원래 지적인 것을 좋아하는 문화가 있는데다 우간다 사람들은 다른 나라 사람들이 스마트폰이나 TV를 보는 시간에 주로 대화를 하거나 공부를 합니다. 공부하는 방법도 거의 100퍼센트 암기 위주입니다. 그리고 대단히 열심히 합니다. 아프리카 사람들은 성격이나 사회성 또한 세계 최고입니다. 타인을 이해하고 수용하며 친절하게 대하고 나눠 먹고 나눠 주며 돕습니다. 대화와 절차에 따라서 의사를 결정하는 것도 대단히 잘합니다. 그런데 왜 경제적 발달이 늦어서 현대 자본주의 사회에서 힘들게 살고 있는 걸까요?

"아프리카는 왜 가난한가?"라는 질문에 많은 사람이 불순종과 게으름을 답으로 내놓는다. 구약 성경을 잘못 이해해서 생긴 이런 인식은 이미 예수 그리스도의 이름으로 다 회복되었다. 그리스도를 향한 믿음이 우리 모두를 회복하고도 남음이 있다. 우리는 모두 동등한 하나님의 형상이요, 그분의 사랑을 받고 있는 사람들이다. 이들은 절대 게으르지 않다. 아침 일찍 일어나서 밭으로 나가고 동이 트기도 전에 학교에 간다. 우리 학교 교직원들이 일하는 것을 보면

감탄을 금할 수 없다. 대부분의 교수들이 주당 20시간을 가르치고, 주말이면 주말반 학생들을 또 가르친다. 계절 학기에는 추가 수업도 마다하지 않는다. 어떻게 이런 일들을 다 해내나 싶을 때가 한두 번이 아니다.

아프리카 사람들의 삶이 빈곤한 것에 대해서는 여러 해석이 있을 수 있습니다. 『총 균 쇠』(김영사, 2013)를 쓴 재레드 다이아몬드의 논리에 의하면 아프리카는 지리적으로 고립되어 있고, 구전문화의 전통을 가지고 있기 때문입니다. 그러나 이제는 아프리카에서도 인터넷으로 최첨단 지식과 기술을 배울 수 있습니다. 많이 읽고 연구하고 기록한다면 우리도 충분히 가능성이 있습니다.

학문적 노력과 함께 정직성과 우리만의 정체성이 필요합니다. 특히 부족 언어를 잘 활용하면서 자존감을 높이는 방법을 지식인이며 사회의 지도자인 여러분이 찾아가야 합니다. 다른 사람의 것을 활용할 수는 있으나 그것은 우리 것이 정립된 상황에서야 유용한 것입니다. 부족별로 언어 문화 보존 개발 센터 같은 것도 만들어서 운영하면 좋을 것입니다.”

우리 학생들은 내가 이런 이야기를 하면 잘 알겠다며 눈을 반짝인다. 일단 잘생기고 아름답고 점잖다고 말하면 박수를 보낸다. 사실이 그렇기에 더 잘 알아듣고 공감한다. 여러분이 현재 돈이 없는 것 또한 여러분의 책임이 아니라고 말하면 좋아한다. 사실이 그렇다. 이들이 가지고 있는 원죄 혹은 은혜는 이곳에 태어났다는 것이다. 본인들이 선택하지 않은 것을 가지고 차별하는 사람들의 인식이 잘못된 것이다. 현재 상황에서 어떻게 그 나라를 이루며 살 수 있을지를 최대한 모색하는 것이 좋은 태도다.

6년 전 쿠미대학교에 처음 왔을 때 교육학부에는 교실이 전부 다섯 칸이었다. 그나마 교실 세 칸에는 책상이 없었다. 초등학교 1~3학년은 맨 바닥에 앉아서 공부하기도 하지만 여기는 대학이지 않은가. 나중에 알게 된 사실이지만 교실 활용도가 낮아서인지 학생들은 교실에 있던 책상을 기숙사로 가져가서 쓰고 있었다. 남이 쓰지 않는 물건은 자신이 쓸 수 있다는 아프리카 문화를 반영한 행동일 수도 있지만 이런 일은 명백한 잘못이다.

교실 비품을 학생들이 개인 용도로 가져다 쓰면서 상당수를 잃어버렸다. 그래서 학교 당국은 책걸상을 훔쳐 가지 못하도록 철제 프레임으로 이어 놓았다. 필요하면 교실에서 배치를 달리해 가면서 활용도를 높여야 하는데 쇠창살로 묶어 놓은 듯한 모양새가 흉측해 보였다.

학교는 전체가 쓰레기장을 방불케 했으나 지금은 주중에는 직원들이, 주말에는 봉사 활동 팀이 교내외를 청소한다. 길을 다니다 보면 쓰레기를 줍는 학생도 볼 수 있다. 운동할 때 쓴 도구도 이제는 깨끗하게 정돈해 놓는다. IT학과의 컴퓨터들은 여전히 잘 관리되고 있다.

최근 오픈형 카페에 새 가구를 들여놓았을 때 직원들은 책상과 의자를 쇠사슬로 묶어 놓아야 한다고 말했다. 누구든 가져갈 수 있기 때문에 걱정스러워서 하는 말이었다. 나는 잃어버려도 할 수 없으니 그렇게 하지 않는 게 좋겠다고 했다. 이미 지난해 새 책걸상을 만들 때 오래된 책상의 철제 프레임도 풀었다. 새로 만든 일인용 의자도 그대로 두었다. 학기가 끝나고 전수조사를 한 결과 책걸상은 다 제자리에 있었다. 나는 학생들에게 이렇게 말했다.

나는 여러분을 믿습니다. 잘 관리해서 함께 편리하게 사용할 수 있으리라 믿습니다. 새 컴퓨터와 책걸상은 없어지지 않고 있습니다. 이제 쓰레기를 아무 데나 버리는 사람도 거의 없습니다. 쓰레기를 줍는 학생들도 보입니다. 만일 쓰레기가 있다면 그것은 외부에서 온 사람의 소행입니다. 우리 학교 내부의 어떤 물건이 없어진다면 그것 역시 외부인의 짓입니다. 여러분은 학교의 주인으로서 이것들을 잘 관리해 왔고 앞으로도 그럴 것입니다.

학생들이 또 손뼉을 쳤다. 사회에서는 있는 힘껏 자기의 이익을 추구하는 것이 당연한 일이다. 비판과 비난, 비하는 난무하지만 격려는 드물다. 서로를 잘 믿지 못한다. 가진 것이 없는 사람은 그래서 더 많은 유혹을 받기도 한다. 스스로 도전해서 성취할 기회를 얻기도 힘들다. 믿고 일을 맡기는 사람이 없기 때문에 자기가 무엇을 잘하는지도 모르고 책임감 있게 일하면서 발전해 갈 수 있다는 사실조차 알지 못한다.

새로 시작한 브라스밴드가 그것을 증명합니다. 자기에게 주어진 기회를 자부심으로 얼마나 잘 이끌어 내는지 모릅니다. 깨끗해진 학교는 또 어떻습니까. 운동 시합이 끝나도 물통이 굴러다니지 않습니다. 큰 자루를 들고 물통을 정리하는 학생들이 생겼습니다. 올해 나의 목표는 대학 축구 리그 우승입니다. 잘 준비하도록 돕고 격려하면서 우리가 해낼 수 있다는 것을 보여 줍시다.

학생들이 내 이야기에 동의한다는 듯 신나게 박수를 쳤다. 나는 사람들이 청렴하지 못하다는 것을 알고, 도덕적이기 어렵다는 것도 안다. 그러나 믿어 주는 것 외에 이들이 변화될 다른 방법이 없다. 기대하지 않은 일이 반복적으로 일어나더라도, 믿고 기대하며 인격적 관계를 유지하는 것 외에 다른 방법이 없지 않은가. 앞이 보이지 않아도 믿음으로 항해하는 이 추측 항법이 나는 학생들에게도 효과가 있다고 믿는다.

비껴한 미지

처음 쿠미대학교에 올 때 엄청난 소명을 품고 있지 않았다. 이전의 선교지에서도 그랬지만 나는 내가 일하는 현지를 먼저 이해하고, 그들이 생각하는 바는 무엇이며, 어떻게 하는 것이 그들에게 가장 유익한 일인가를 모색한다. 그래서 시작한 것이 학교를 유지하고 보수하는 부총장 역할이었다. 강의실에서 학생들과 이야기를 나누며 기독교적인 삶에 관해서 탐구해 보자는 생각은 잠시 미뤄두었다. 그런데 뜻하지 않게 총장직을 맡게 되었고, 이렇게 6년이 지났다.

"여기 오는 총장들마다 나름의 꿈이 있어서 의대와 법대를 만들겠다, 혹은 에너지 학과를 만들고 학교를 이렇게 저렇게 발전시키겠다고 말합니다. 당신은 여기서 무슨 일을 하고 싶습니까?" 사람들이 내게 물었다. 하지만 나는 대단한 말을 가지고 있지 않았다. 그저 "그냥 내가 할 수 있는 일을 하겠습니다. 과거에 하려다가 못한 일을 마무리하는 정도만 할 수 있어도 좋겠습니다"라고 말할 뿐이었다. 내가 해야 할 일은 오래전 만들어 놓았으나 지금은 깨져 버린 저 빗물 저수탱크 같은 쿠미대학교를 보수하는 일이라고 혼자 생각했다. 그리고 그 일의 첫 번째 단계는 아프리카인들의 삶을 이해하고 그들의 아픔을 감싸는 것이었다. 하지만 쉽지 않았다. 그들의 문화나 역사적인 아픔, 거기서 파생한 열등감과 상처는 나같이 낭만적인 생각을 가진 사람이 다루기에는 버거운 것이었다. 나는 얼마나 기도했는지 모른다. "할 수만 있거든 이 잔을 내게서 옮기시옵소서."

총장 임기 중 최대한 나의 사랑이 부족하다는 것을 감추어 두었다가 끝낼 심사였다. 총장직 연임을 고사한 것은 내가 더는 이 시원치 않은 사랑을 못 하겠다고 포기하고 항복한 것이나 다름없다. 애초에 십자가를 지신 예수님이 아니라 그 십자가를 임시로 진 '구레네 사람 시몬'에 나를 비유한 것부터 잘못이었다. 그럼에도 하나님은 늘 그러셨듯이 "보낼 만한 사람을 보내소서"라고 말하는 사람들을 통해서 하신 기적같이 놀라운 일을 내게도 행하셨다.

그러므로 사람들이 말하는 쿠미대학교의 발전은, 나는 실패했으나 하나님은 계획을 성취하고 이뤄 가는 분이심이 증명된 것이다. 아내에게 나는 말했다. "여보, 그동안 내가 해왔던 일들을 성공했다고 말할 수는 없어요. 객관적인 지표는 계속 좋아졌지만 지속 가능하지 않기 때문이죠. 내가 있을 때는 번성하는 것 같았지만 내가 떠나고 나면 모든 것이 서서히 원위치로 돌아가 버렸잖아요. 지속 가능이라는 기준으로 보면 내가 해왔던 일들은 실패예요. 그

당시에 반짝였던 일도 훗날 어떻게 발전해서 무슨 영향을 끼쳤는지 알 수가 없어요. 다만 나는 선택을 잘한 것 같아요. 하나님이 부흥시키시려는 그때 그곳에 내가 거기 있었던 거죠. 쿠미대학교도 마찬가지고요."

수백 년을 이어져 온 이 나라 질곡의 역사 속에서 형성된 문화와 가치, 종교적 성향이나 삶에 대한 태도를 내가 이해하고 도움을 주겠다고 생각하는 순간 나는 실패한 선교사가 된다. 그런 일은 가능하지 않다. 다만 나는 처음부터 이들과 함께 살고 싶다는 소박한 소망을 선교사로서의 내 삶의 모토로 삼았고, 지금까지 그래왔다고 생각한다. 그래서 지금도 이들의 모진 부분에 대해서 애통하고 있는지도 모른다.

이해하지 못하니 부족한 사랑을 하는 것이고, 나 자신이 가진 이해와 사랑이 이것밖에 안 된다는 것을 통렬히 깨달으니 자괴감을 갖는 것이다. 스스로 구레네 시몬이 되기로 한 사람 치고는 그동안 큰 은혜를 받았다. 고통과 기쁨은 늘 공존한다. 나 자신을 들여다보고 상황을 살피면 늘 자각에서 오는 안타까움에 괴로웠지만, 늘 신실하게 약속을 지켜 가시는 하나님의 은혜를 보면 그것은 큰 기쁨이다. 그리고 그 기쁨과 평안에 대한 자각은 퇴근길 아프리카 대평야의 서쪽 하늘 노을에서 찾을 수 있다. 그 맑고 붉은 하늘은 늘 나를 위로하는 어떤 징표 같다.

우간다를

달리다

붉은 땅, 붉은 심장

우간다의 역사, 자연, 언어

아프리카 하면 사람들은 세렝게티나 킬리만자로, 빅토리아폭포, 사하라, 나일강, 그리고 한국에서 모금을 독려할 때 보여 주는 기아와 궁핍에 처한 아이들의 모습을 떠올린다. 여기에 피부색과 식민지, 노예, 분쟁이 더해지기도 한다. 한국과 아프리카는 지리적으로 멀기도 하거니와 교류도 거의 없기 때문에 이런 왜곡된 이미지는 좀처럼 개선되지 않는다.

이곳에 사는 나로서는 아프리카 사진을 좀 더 잘 찍고 괜찮은 이야기들을 사람들에게 들려주면서 잘못된 개념을 풀어 보려고 애써 보지만 내 이야기는 낭만적으로만 들리는 것 같다. 아프리카는 우리에게 있어 늘 변방이고, 그 크기와 가치가 축소되어 있으며, 세계사에서도 여전히 소외되어 있다.

아프리카의 자연은 우리가 아는 것보다 훨씬 아름다고 청초하다. 과일과 농산물은 값이 저렴하고 맛있다. 아프리카는 전체적으로 농산물이 대단히 풍부한 곳이다. 혹자는 아프리카에서 나오는 농산물로 세계 인구의 60퍼센트가 먹고 살 수 있다는 말도 한다. 특히 망고와 아보카도, 파인애플, 바나나, 오렌지의 맛은 환상적이다. 적도의 강렬한 햇살과 황토가 어우러진 맛을 그대로 품고 있는 옥수수와 콩, 카사바, 고구마 등도 가공된 농산물과는 다른 차원의 맛을 낸다. 한마디로 이곳에서 무언가를 먹는다는 것은 하나님이 창조하신 자연 그 자체를 먹는 성찬과 같다.

우간다는 국토 전체가 해발 1,000미터가 넘는 고도에 형성된 분지이기 때문에 사람들이 살기에 최적의 기온과 날씨를 가지고 있다. 에덴동산의 날씨와 환경이 이와 같지 않았을까. 사방으로 지평선을 볼 수 있을 만큼 평야가 넓고, 한반도 3분의 1 크기의 빅토리아호수를 비롯해 주변에 큰 호수가 많다. 여기서 흐르기 시작한 물은 거대한 강을 이루어 남수단을 지나 수단과 에티오피아에서 오는 청나일강을 만난다. 그리고 이집트를 지나서 지중해로 흘러들어 간다. 나일강은 그 자체로 아프리카의 생명력이다.

아프리카 사람들의 신앙의 역사는 길다. 나일강은 우간다에서 흘러내리지만 초대교회 기독교 복음은 북아프리카에서 이 강을 거슬러 아프리카에 퍼졌다. 아는 사람이 많지 않지만, 초대교회 성령의 역사는 아프리카 북쪽에서 흥왕했다. 로마의 박해를 받던 초기 기독교 300여 년 동안 복음은 알렉산드리아를 비롯한 북아프리카의 여러 도시에서 성장했다. 이곳에서 발달한 철학과 과학, 문학, 예술, 교육 등이 중세 유럽 전체 문화의 근본이 되었다.* 마가를 비롯하여 박해로 흩어진 초대교회 그리스도인들이 그 역사를 시작했고 변증학과 시민불복종, 교회론, 신학 방법 등이 아타나시우스와 오리게네스, 테르툴리아누스, 아우구스티누스를 통해서 북아프리카에서 발달했다. 여기서 기초를 다진 초대 복음은 동서남북으로 퍼졌는데, 이후 유럽에서 1,000년 동안 발달된 기독교 복음도 그중 한 줄기이다. 15세기 후반 유럽의 식민 지배자들이 다시 아프리카에 가지고 온 복음은 본래 북아프리카에서 시작된 것이다. 아프리카는 기독교 복음의 모판이었다.

사실 아프리카 복음의 역사는 예수님 탄생 1,000년 전부터 성경에 기록되어 있다. 솔로몬에게서 받은 야훼 신앙이 그것이다. 우간다 조상들이 북쪽 에티오피아에서 내려오면서 이미 구약 신앙을 갖고 있었다. 실제로 에티오피아인들과 우리 지역 언어에는 같은 단어가 많고 종교성에서도 유사한 점들이 있다. 돼지고기 먹지 않기, 식사 전에 반드시 손 씻기, 아이 낳는 것이 큰 복이며 사명이라고 생각하는 것 등이다. 나일강을 거슬러 복음은 3,000년 전에 이곳에 전해졌고, 오랜 역사를 통해서 기독교 신앙이 이들 삶의 근간이 되었다. 아프리카가 정치적, 경제적 고통을 겪으면서도 여전히 열정적이고도 견고한 신앙을 유지하고 있는 것은 이 오랜 기독교적 뿌리가 한 원인이다.

아프리카에 아름다운 자연과 사람들은 많지만 볼 만한 문화 유적은 거의 없다. 예술과 음악, 문학도 알려진 것이 거의 없다. 아프

• 토마스 C. 오덴, 김성환 역, 『아프리카 기독교 역사』, CLC, 52.

리카가 가시적인 유산을 많이 남기지 않은 것은 구전 전통 때문이다. 또 다른 이유는 이들이 그동안 매우 평등하고 평화롭게 살았기 때문이다. 자연환경이 좋고 토산물이 넉넉한 곳에서는 서로의 것을 빼앗을 이유가 없다. 다른 사람을 지배하여 힘을 과시할 필요도 없다. 북미 인디언들에게 유적이 거의 없는 것도 같은 이유이다.

우리가 아는 거대 문명이나 여기서 나온 유적들은 지배자들이 피지배자들의 노동력을 착취하면서 만들어 낸 것이 대부분이다. 중국과 유럽의 여러 성곽이 대표적이다. 아프리카 사람들의 삶은 대대로 신앙적이고 자유로웠으며 인간적이었다. 다른 사람들을 지배하면서 힘과 권력을 누리고 자신을 과시하는 문화가 없었다.

이렇게 아름답고 평화로우며 종교적인 사람들에게 재앙이 닥친 것은 유럽인들의 침략 때문이다. 그들은 전혀 신사적이지 않은 방법으로 아프리카를 속국으로 만들었으며, 착한 사람들을 노예로 삼아 버렸다. 나눠 쓰기 좋아하는 아프리카 사람들은 이방인들의 입국을 쉽게 허용했다. 유럽인들은 외형적으로 경제와 정치를 돕는 척하면서 수탈해 가는 고도의 전략을 썼다. 그들은 이미 이 방면에 경험이 많았다. 유목 원시 시대를 살던 이들에게 지배자들은 현대 정치와 사회, 문화, 교육, 언어 그리고 식민지 근성을 이식했다. 다행히도 동아프리카는 서아프리카에 비해서 유럽인들의 침략 기간이 짧다. 우간다의 경우 1962년 독립하기 전까지 약 70년 동안 지배를 받았다.

그러나 이 기간에 우간다 사람들은 아쉽게도 욕심을 내어 다른 사람들을 지배할 수 있다는 것도 배웠다. 그때 배워서 국가 공용어로 활용되는 영어도 지배자들이 준 혜택으로 인식한다. 이곳에서 영어를 잘하는 것은 그 자체로 교육받은 사람, 사회적 지위가 높은 사람임을 의미한다. 상대적으로 자신들이 가진 고유의 것을 평가절하한다. 말은 부족어로 하고, 공부는 영어로 한다. 심지어 자신들의 신앙을 영국에서 온 것으로 생각하는 사람도 있다.

아프리카인들이 받아들인 현대 사회의 시스템은 사실 이들의 삶과 어울리는 것이 아니다. 국가라는 이름으로 힘을 쓰는 사람이 없었을 때도 이들은 평화롭고 안전하게 잘 살았다. 부족 사회에서 자신들이 만든 자연스러운 규칙과 제도가 있었다. 스스로를 지키는 전통 제도들이 있었고 그것이 사회를 유지하는 큰 자산이었다. 그들이 사는 땅은 자연스럽게 씨족의 공동 소유이며 농사지어 생산한 곡식도 당연히 함께 사는 사람들의 공동 소유였다. 어느 날 힘 있는 사람들이 나타나 그들을 지켜 주겠다고 약속하며 주인 행세를 하면서 현재의 낯선 제도와 규율이 생기고, 균형 잃은 삶을 살게 되었다. 존경하는 왕도 잃어버리고, 족장도 잃어버렸다.

그중에서도 아프리카 사람들이 가장 낯설고 힘들어하는 것은 현재의 경제생활이다. 현대의 자본주의가 아프리카에 영향을 미치면서 사람들은 돈이 필요하게 되었다. 돈은 늘 부족하였으므로 그로 인한 갈등이 증폭되었다. 개발이라는 명목으로 들여온 국외 자금과 혜택은 아쉽게도 일부 사람들의 부를 축적하는 통로가 되었다. 빈부 격차가 엄청나게 벌어졌고 돈을 벌 수 있다면 가족도, 부족

아프리카에서
부르는 바람의
노래

도 모두 희생이 가능한 처절한 사회가 되어 버렸다.

아프리카는 젊은이가 많이 사는 대륙이며 인구가 풍선처럼 부풀어 오르는 땅이다. 그리고 여전히 사람들의 성품이 훌륭하다. 웬만해서는 큰소리를 내거나 화를 내는 일이 없다. 잘 기다려 주고 잘 나누어 먹는다. 이들의 성품과 기질은 풍요로운 자연과 넓은 땅, 생명력을 닮았다. 몸속에 흐르는 리듬감으로 음악만 나오면 어디서든 자연스럽게 춤추고 노래한다. 여성들은 아름답고 남자들은 건장하다. 작열하는 태양도 상관없이 온종일 땅을 파며 일할 수도 있다.

어쩌다 힘을 얻어서 다른 사람들의 인생을 왜곡시켜 놓은 사람들과 달리, 이들은 다른 나라를 침략한 일도 없고, 방어를 위해서 엄청난 무기를 준비하지도 않는다.

국경이 어디인지도 모르고 그냥 어우러져 살아가는 이 사람들이 세상의 주역이 되면 좋겠다고 나는 생각한다. 그리고 그때 세계인들이 아프리카 커피를 마시며 훼손되지 않은 이곳의 대자연을 접하고 신앙을 회복하기를 바란다. 아프리카 사람들이 그렇게 하듯 나무 그늘에 둘러앉아 두런두런 옛날이야기로 꽃을 피우며 서로의 사랑을 확인하는 사회로 회복되기를 기대한다. 우간다의 넉넉한 물은 지중해로, 인도양으로, 대서양으로 계속해서 흘러갈 것이며, 망고와 아보카도는 여전히 그 맛을 보존하고 있을 것이니 사람들만 희망을 잃지 않고 잘 견뎌 내면 된다.

50개의 언어,
50개의 부족

"우리 부족 문화를 존중해 줘서 감사합니다", "부족의 자긍심이 높아졌습니다", "대개 학교에서 소수 부족은 조용히 지내야 하는데 저희를 존중해 주셔서 감사합니다", "많은 부족이 모여 있는 우리 학교 고유의 특별한 행사였습니다".

자기 부족의 문화를 알리는 문화 행사(Cultural Gala)를 치른 후 학생들이 보내온 글의 일부이다. 학교에서는 각 부족에 부스를 하나씩 배정하여 20여 개의 부스를 큰 원형으로 대열했다. 학생들은 자기 부족의 전통 음식과 생활 도구들을 전시하고 부족민들은 직접 전통의상을 차려 입었다. 방문객에게는 음식을 대접하고 부족어를 가르쳤다. "Sukuran, Yalama, Apoyo, Keitabon…." 그리고 순서에 따라서 부족의 춤과 노래, 연극을 마당 한가운데서 발표했다. 이

• Sukuran(슈크란)은 아랍어로 "감사합니다"라는 뜻이다. Yalama(얄라마)는 테소 지역 언어로 "감사합니다"라는 뜻이며 Apoyo(아포요)는 우간다 북쪽 아촐리 부족어로 "감사합니다", Keitabon(케이타본)은 엘곤산에 사는 세베이 부족어로 "감사합니다"라는 뜻이다.

한바탕 마당놀이는 그날 해가 지도록 계속됐다.

아프리카에는 셀 수 없이 많은 부족이 있고 각 부족에는 고유의 언어와 문화가 있다. 문화를 이야기할 때 가장 중요한 요소로 꼽히는 것이 언어다. 사람들은 언어를 기준으로 동족을 구분한다. 우간다에 50여 개의 언어가 있다는 것은 50여 개의 문화를 가진 다양한 부족이 있다는 뜻이다. 각 부족은 모두 나름의 역사와 전통을 가지고 있고, 자신들의 언어로 노래하며 춤춘다. 몹시 가난했던 과거를 가진 부족은 열심히 일하자는 내용의 뮤지컬로 사람들을 계몽하고, 분쟁에 시달린 부족은 "전사들이여, 싸우자!" 하며 춤을 춘다. 우리 테소 부족은 "Ejokaorida, Ikon Ikoku Eauni Emali Ore"(에조카오리다 이콘 이코구 에아우니 에말리 오레)**라는 노래를 부르며 몸을 흔든다. 이 노래 때문인지 실제로 테소 부족은 아기를 많이 낳는다.

언어와 함께 부족성을 가름하는 중요한 요소는 음식과 의복, 주거 형태다. 그 차이는 지역마다 다른 생태 환경에서 온다. 바나나가 많이 나는 곳, 쌀이 많이 생산되는 곳, 우리 지역처럼 건조해서 옥수수와 수수류의 작물이 많이 생산되는 곳에 따라서 주식이 다르다. 고유 의복 역시 지역에서 생산되는 것들을 소재로 하기 때문에 각기 다르다. 평상시에는 일상복을 입고 생활하지만 전통 의상을 입어야 할 경우, 이들의 의상은 매우 다양한 패션을 선보인다. 동물

•• '아기를 낳으면 복은 저절로 집안에 들어온다'는 뜻의 테소 부족 노래다. 다른 말로 하면 '생육하여 번성하자'는 의미이다.

가죽으로 만든 옷, 섬유질 식물을 엮어서 두른 옷, 중요 부위만 대충
가린 옷 등 다채롭다. 집을 짓는 소재와 가옥 형태도 가족 구성원과
삶의 방식에 따라 다르다. 아프리카에는 과거 유목 수렵 시대 때 만
든 주거 형태가 아직도 남아 있는데, 이는 쉽게 짓고 해체할 수 있
는 토담집 형태다. 우리가 살고 있는 테소 지역은 일부다처제 문화
가 있어서 한 집터에 부인들이 집을 짓고 자기가 낳은 아이를 키우
는 형태의 주거 공간을 만든다. 이런 문화의 차이는 '다름'으로 해

아프리카에서
부르는 바람의
노래

석해야 한다. 편리성이나 속도, 재화의 양을 기준으로 삼아 발달이
덜 되었다고 판단하는 것 자체가 오류다. 다양성은 하나님의 창조
세계에서 아름다움을 규정하는 중요한 요소다. 부족마다 미를 규정
하는 기준과 가치가 다른 것은 창조 섭리와 잘 어울린다.

부족사회는 상호 평등의 성격이 강하다. 부족을 구성하는 가족
과 여러 친족은 기본적으로 혈연 공동체다. 부족 사람들은 서로에
대한 친밀감으로 살아가며 서로의 안위를 위해서 노력한다. 하나의
혈통, 하나의 언어를 사용하는 사회가 가지는 강점이다. 힘이 지배
하는 사회가 아니라 상부상조의 공동체이며 고유의 동질 언어 문화
의 집단이다.

왕을 중심으로 만들어진 국가는 기본적으로 힘과 권력이 작동
하는 성격의 집단이다. 힘과 부, 권력이 일부 사람에게 집중되고 그
에 따라서 계층이 나뉜다. 국가는 안위를 이유로 국민에게 애국심
을 강조하면서 충성을 요구한다. 국제관계에서 제 역할을 한다든지
이권과 관계된 어떤 힘을 사용해야 할 때가 있으니 당연한 일이다.
사무엘상에서 이스라엘 사람들이 왕을 요구할 때 하나님이 불편해
하신 것도 국가의 어쩔 수 없는 권력 남용의 생태를 아셨기 때문이
다. 성경이 말하는 '의, 평강, 희락' 같은 '하나님 나라'의 속성은 국
가보다는 부족사회와 어울린다.

학생들에게 반드시 필요한 것은 자존감이다. 자존감이 낮은 사
람들을 교육하는 것은 어렵다. 이런 사람들은 공부하는 동기도 분
명하지 않으며 열심히 하지도 않는다. 반면에 스스로를 존중하는

◀ 문화 행사가 열린 날, 한 부족이 전통의상을 입고 춤을 추고 있다.

마음이 있는 사람들을 가르치거나 그들과 같이 일하는 것은 즐거운 일이다. 이들의 자존감을 부추기며 공부하고 일하면 묘한 재미가 솟는다. 그래서 근대 역사에서 아프리카를 변방으로 보는 역사가들의 시각에 반하여 나는 부지런히 이들의 역사와 문화를 배우면서 교육의 지렛대를 어디에 놓을지 탐구하고 있다.

그래서 찾아낸 첫 번째 방법이 과거 아프리카의 역사로 현재를 해석하고 미래를 희망적으로 예측하는 것이다. 두 번째 방법은 이들의 부족 문화를 격려하는 것이다. 첫 번째 방법은 말과 설득이 필요했으나 두 번째 방법은 특별한 노력이 필요하지 않았다. 이미 거기 있는 것이기 때문이다. 수업 시간에 각자의 언어로 기도하고(우간다에서 기도는 아무 때나 한다.), 문화 행사의 날을 하루 정해서 각 부족의 생활방식을 소개하고 춤과 노래와 연극을 발표하는 자리를 마련하는 것으로 충분하다. 학생들은 이 행사를 매우 열심히 준비한다. 부족끼리 학교 이곳저곳에 모여서 춤과 노래 연습을 한다. 그날 나는 우리 학생들의 가장 행복한 표정을 보았다. 이것은 그들의 자존감의 발로였다.

사실 이 행사는 코로나 봉쇄 이전에 한 번의 시행착오가 있었다. 열심히 해보자는 취지에서 우열을 가리는 경쟁 구도로 진행한 것이 문제였다. 당시 다섯 부족이 참여했고 외부에서 심사위원도 초청했다. 그런데 발표회 후 2등으로 호명된 아촐리 부족이 시상 결과에 불만을 표하며 시상을 거부했다. 전사의 후예들이 망고나무 아래서 씩씩거리며 웅성대는 것을 보고 내가 실수했다는 것을 깨달았다. 나는 얼른 다시 부족 대표들을 불러서 심사 결과가 잘못되었다고 말하면서 모두에게 1등 상금을 주었다. 우열을 가리는 것은 부족의 자존심을 건드리는 치명적인 실수였다.

그리고 두 번째 대회가 열린 지난해에는 전시회 성격으로 행사를 치렀다. 구성원 수가 적은 부족도 참여하게 하자는 제안에 따라서 많은 부족이 행사에 참석했다. 짝짓기 춤을 추는 테소, 농사를 열심히 짓자는 세베이, 경중경중 뛰면서 자신들의 큰 키를 자랑하는 딩가, 최후의 전사답게 전쟁놀이를 하는 아촐리와 랑오···. 우리 한국 부족도 사물놀이와 태권도 시범 공연을 했고, 나와 아내는 연극 무대에서 쓰는 조선 시대 왕족의 화려한 옷을 입고 행진했다. 모든 족속을 한 혈통으로 만드신(행 17:26) 분 안에서 우리는 다양하면서도 하나라는 묘한 행복감을 느꼈다.

우간다 애국가는 1절만 부르고 부족 노래는 4절까지 부르는 학생들에게 나는 대학생인 여러분이 부족 문화와 언어를 보존하고 발전시켜야 한다고 강조한다. 이 험악한 힘겨루기 세상에서 부족 공동체 의식과 평등, 그리고 이들의 자존감에서 시작되는 생동감은 어려움을 이기는 기본이 되리라 믿기 때문이다. 그리고 가능하면 자본주의와 개인주의 사회로 돌변하는 현 상황에서 이들만은 부족 중심의 공동체적 생활양식을 유지하기를 바란다. 지배자들에 의해서 훼손된 이들의 자존감이 되살아나서 춤추는 모양 그대로 세상을 주름잡고 뛰어다니는 모습을 보게 될 날도 오리라고 믿는다. 올해 나는 학교 안에 동아프리카 각 부족의 전통 기물을 전시하는 박

물관을 만들고 싶다. 각 부족의 전통을 전시하고 춤추고 노래하는 영상물까지 준비해서 사람들에게 보여 주면 좋을 것 같다.

인류학자들은 공통적으로 아프리카를 인류의 근원지라고 말한다. 커피만 아프리카가 기원이 아니라 재즈나 랩 같은 여러 음악 장르도 아프리카가 기원지이며, 초기 기독교의 융성도 이곳 아프리카에서 시작되었다. 요즘 세계적으로 각광 받고 있는 K-문화처럼 이

아프리카에서
부르는 바람의
노래

들의 아름다운 언어와 인간미, 부족 문화가 세계인에게 영향을 주
지 못할 이유가 어디 있겠는가.

▲ 문화 행사의 날에 한 부족이 부족의 노래를 부르며 행진하고 있다.

커피
좋아하세요?

몇 년 전부터 나는 카페를 운영하고 있다. 이 카페는 일 년에 단 한 차례 교사선교회 수련회에서 나흘간 열린다. 처음에는 내가 좋아하는 우간다 커피를 사람들과 함께 마시고 싶어서 수련회장에 커피 드립 도구를 가져갔다. 반응이 좋아서 이듬해부터는 아예 자리를 잡고 판을 깔았다. 그리고 세 번째 해에는 수련회 본부 측에서 상호를 만들어 붙여 주었다. 이름하여 "Hong's Cafe". 내 이름의 카페가 생긴 것이다. 생두는 우간다에서 공수하고 한국의 전문점에서 볶는다.

수련회장에는 커피향이 은은하게 퍼졌고, 나는 수련회에 오는 거의 모든 후배들과 인사를 나눌 수 있는 특권을 얻게 되었다. "세상에 이렇게 맛있는 커피는 처음이에요", "커피가 원래 이런 맛이었군요", "선배님 커피가 설교보다 훨씬 나아요" 하는 손님들의 말을 사실이라 믿고 카페 운영을 계속할 생각이다. 이렇게 하여 나는 고민 많은 청년 때 하고 싶었던 음악다방 DJ의 한을 풀고 있다.

커피를 추수할 때가 되면 나는 엘곤산 중턱을 찾아가 일 년 먹을 커피를 구한다. 해발이 높은 곳에서 생산되는 커피일수록 늦게 출하되고 맛이 좋기 때문에 주로 1월에 산다. 그런데 나와 우리 한국 사람들이 그렇게 좋아하는 커피를 생산국인 우간다 사람들은 잘 마시지 않는다. 커피 농사를 짓는 사람들도 그렇다. 내가 커피 잔을 들고 우간다 커피가 좋다면서 엄지를 치켜세우면 커피는 맛이 쓴데 왜 마시냐고 반문한다. 인생도 험하고 힘든데 왜 음료마저 맛없는 커피를 마시냐는 말로 들린다. 그들 말이 맞다. 사실 커피는 씁쓸한 맛이다. 볶는 과정에서 얼마나 볶느냐에 따라서 쓴맛의 정도가 달라지지만 어떤 종류의 커피든 커피는 기본적으로 쓰다.

한국 사람들이 자국에서 생산되지도 않는 커피를 그렇게 좋아하는 것이 나는 그 쓴맛 때문이라고 생각한다. 통한의 역사 속에서 쓴 인생을 사는 한국 사람들이 자신의 인생맛과 닮은 커피의 씁쓸한 맛을 다른 나라 사람들보다 더 즐기는 것이 아닐까. 그래서 나는 커피 맛을 모르면 인생도 잘 모르는 것이라는 농담을 한다. 그런데 커피는 마냥 쓰지만은 않다. 그 속에는 오묘한 맛과 향이 있다. 열대의 화산 땅에서 생산되는 아라비카는 뜨거운 태양과 맑은 공기를 마시며 성장한다. 열매가 열리기 전에 피는 흰색 꽃은 은은한 라일락 향을 뿜는다. 꽃이 지면 열매가 맺히고 시간이 지날수록 붉게 익은 커피체리는 달큰한 과즙을 만들어 낸다. 우리가 마시는 커피는 이 체리의 씨앗이다.

그러므로 커피를 마신다는 것은 이 상큼하고 정열적인 열대 산

악지대의 물과 공기를 마시고, 그 꽃향기를 맡는 것과 같다. 좋은 음악과 함께 마시면 나무 흔드는 바람 소리도 들리는 듯하다. 인생은 커피처럼 쓰지만 그 속에는 사랑도 있고, 미소와 위로, 쉼도 있다. 인생이 쓰고 어려울수록 삶의 의미는 도드라지고 삶의 향은 짙게 밴다. 이것이 커피 맛을 인생에 비유하는 이유다. 참고로, 이 말들은 유명 브랜드의 커피숍이나 고속도로 휴게소에서 지나치게 태워서 기계로 짜 내리는 커피에는 해당하지 않는다.

나는 아침에 학교에 출근하면 물부터 끓인다. 쇼팽의 녹턴 1번 B단조나 슈만의 어린이 정경 트로이메라이 같은 조용한 음악도 튼다. 그리고 커피를 갈아서 끓인 물로 거름종이에 걸러 낸다. 음악과

아프리카에서
부르는 바람의
노래

함께 따뜻한 커피를 목에 넘기면서 학교의 하루를 시작한다. 여러 사안에 대한 판단과 지혜는 묵상한 말씀이 도와주지만 집중력과 맑은 정신 유지에는 아침 커피의 공헌이 크다. 내린 커피의 일부는 포트에 넣어 두었다가 사무실을 방문하는 사람들에게도 권한다. 이는 우간다에 와서 변한 생활 습관 중 하나이며 자연스럽게 진행되는 아침 루틴이다. 커피는 내가 직접 볶는다. 부드러운 맛이 나도록 손으로 저어 가며 볶을 때 나는 구수한 냄새가 참 좋다. 2주에 한 번은 볶아서 우리 지역에서 고생하는 열 명 남짓 선교사들과 나눈다. 한국에서 온 손님들에게 선물로 주기도 한다. 커피 생산지에 살고 있는 사람으로서의 큰 특권이다.

아프리카 사람들은 영국 사람들이 가르쳐 준 티를 좋아한다. 물에 석회질이 많은 유럽 사람들은 차에 우유를 타 먹으면서 석회 맛을 희석시킨다. 그런데 물도 맑고 커피가 이렇게 좋은 곳에 사는 사람들이 영국식 티를 즐겨 마신다. 거기에 설탕도 듬뿍 넣는다. 쓰고 거친 인생을 달콤한 설탕과 부드러운 우유로 달래려는 듯하다. 이름도 영국 사람들이 가르쳐 준 대로 "아프리칸 티"라고 부른다.

그러나 실제로 이들의 삶과 닮은 것은 커피이다. 커피의 색깔과 맛은 이들의 모습과 삶과 너무나 닮아 있다. 드립용으로 적절하게 볶은 커피 색깔은 이곳 사람들의 피부색과 대단히 비슷하다. 그래서 누군가 커피 볶기에 관심을 가지면 나는 당신의 피부 색깔과 같아질 때까지 볶으면 된다고 말해 준다. 아프리카 사람들은 커피 색을 닮은 피부색 때문에 차별을 많이 받았다. 자기들 땅에서 조용

◀ 커피체리가 빨갛게 익었다.

히 살아갈 때는 괜찮았으나 노예로 팔려가 백인들과 섞이면서 혐오의 대상이 되었다. 심지어 가톨릭 선교부 보고서에는 "아프리카 사람들도 인간인가"를 논의하는 내용도 들어 있다. "지옥의 불쏘시개"라고 비하하는 사람들도 있었으며 불과 몇 십 년 전만 해도 '그 훌륭한 나라' 미국에서 흑인에 대한 차별은 공식적으로나 비공식적으로 매우 심했다. 아쉽게도 검은색 피부의 사람들을 하대하는 정서는 오늘날 무중구('얼굴이 하얀 사람들'이라는 스와힐리어)에게 여전히 남아 있다. 무중구의 우월감에서 비롯된 것인지, 이들 스스로 자신들을 낮추어서 그런 것인지는 알 수 없지만 흑백의 차이는 지금도 현저히 존재한다.

우리가 배우는 역사적 사실은 대부분 지배자들에 의해서 기록된 것들이다. 스스로의 치적을 자랑하며 보전하기 위해서 기록한 경우가 많기 때문에 그런 역사적 기록에는 그들의 시각이 그대로 녹아 있다. 내가 중·고등학교 때 배운 세계사에서 나폴레옹과 알렉산더, 칭기즈칸은 모두 훌륭한 인물들이었다. 과연 그럴까? 영국이 정말로 신사의 나라이며, 해가 지지 않는 나라를 만든 엘리자베스는 선왕이었을까? 침략자이며 살인마인 이토 히로부미는 지금도 일본 사람들에게 영웅 대접을 받는다. 영국과 프랑스를 비롯한 유럽 사람에게 나라를 빼앗겼던 나라에서도 우리가 배웠던 그 역사적 인물들은 여전히 훌륭한 사람일까? 사실을 말하면 아쉽게도 그렇다. 아프리카에서도 지배자들은 여전히 훌륭하고 그들이 하대했던 자신들은 격이 낮은 사람이다. 지금도 교과서가 그렇게 가르치고 있다. 서양에서 개발된 것을 가진 사람들이 선망의 대상이 되고, 그것을 자랑스럽게 사용하는 것이 그 증거다. 싸게 팔리는 커피 역시 하나의 예이다. 자기들이 쓰는 언어와 문화, 이 땅에서 생산되는 그 맛있는 농산물과 커피는 그리 귀한 것으로 취급받지 못한다.

이런 역사적 이유로 나는 이들이 작은 일에도 데모와 파업을 벌이는 것을 이해해야 한다. 침잠되어 있던 울분의 부유물이 어떤 이유로든 일렁이며 떠오르기 시작하면 그들 스스로도 자제력을 잃고 어떤 행동을 할지 모른다는 것을 이해해야 한다. 여전히 해결되지 않은 불평등과 차별, 절대 빈곤으로 주린 배를 안고 살아야 하는 이들을 이해해야 한다. 공부할 기회가 없어서 소를 몰고 춤과 노래로 슬픔을 잊어버리려는 이들의 몸짓을 나는 이해해야 한다. 인생이 너무 써서 쓴 커피를 마시고 싶어 하지 않는 것도 이해해야 한다.

일 년에 한 번이 아니라, 언제든 우리 학생들이 쉴 수 있는 카페를 이곳에 만들면 좋겠다. 그래서 이 청년들과 이들이 생산한 커피를 함께 마시며 인생 이야기를 하고 싶다. 씁쓸했던 인생을 반추할 수 있는 여유가 생겼을 그때, 그동안의 인생이 얼마나 썼는지, 그래도 그 중에 향기롭고 달콤한 일들은 어떤 것들이 있었는지 들어보고 싶다. 그래서 인생은 선물이며 축복이었다고 말할 수 있는 자리를 만들고 싶다. 벗어 낼 수 없는 원죄 같은 저 커피색 피부를 내가 가지지 않는 한, 이해한다는 말은 할 수 없겠지만 말이다.

Uganda

우간다 사회의
비성에 대한 인식

늘 잘 웃는 이웃 마을 케티는 다섯 아이의 엄마다. 한국인 마을의 김 선생 집에 와서 오전에 허드렛일을 도와주는 일을 한다. 그런데 케티가 바람이 났다는 소문이 돌더니 어느 날 현장을 사람들에게 들켜 버렸다. 장소는 우리 마을과 이웃 마을 경계의 바위 둔덕이었다. 김 선생은 케티를 고용하는 것이 덕스럽지 못하다고 판단해 불가피하게 해고를 결정했다. 그런데 며칠 후 케티가 남편과 함께 김 선생의 집에 찾아왔다. 마을 이장이 증인으로 동석했다. "아내의 불륜남이 아내와 바람을 피운 대가로 소 두 마리를 주었습니다. 그래서 남편인 내가 용서했으며 문제가 다 원만히 해결되었습니다." 케티의 남편은 문제가 잘 해결되었으니 이제 케티가 복직할 수 있게 해달라고 증인과 함께 찾아온 것이다.

이런 식의 해결책을 잘 이해하지 못한 나는 우리 학교 교수들에게 이 문제에 대한 자문을 구했다. 놀랍게도 그들은 이 사건을 이미 다 알고 있었으며 모두 한결같이 당연한 일이라고 말했다. 길을

아프리카에서
부르는 바람의
노래

지나다가 이따금 마주치는 케티는 아이들과 농사도 지으며 여전히 잘 지내는 것 같다.

이 사건을 이해하는 하나의 단서는 이들의 결혼제도에 있다. 우리 지역 부족어로 신부 값(Bride Price)을 '다우리'(Dauri)라고 부르는데 남자가 정식으로 결혼을 하려면 장인에게 다우리를 지불해야 한다. 이곳에서는 소의 마릿수로 신부 값을 결정한다. 과거에는 건강한 신부가 많은 값을 받았으나 최근에는 공부를 많이 한 신부가 값을 많이 받는다. 기본 소 일곱 마리에 양과 염소를 더해서 받는다. 동물의 수는 양가 대표의 협상으로 결정된다. 그러면 신랑은 정해진 값을 지불하고 신부를 데려온다. 신랑의 경제 상황을 고려해서 외상으로 신부를 데려올 수도 있다. 신부 값은 신부 부모의 노후 자금이다. 신부는 자기를 키워 준 부모에게 신부 값을 드리는 것으로 친정 생활을 마감하고 시집을 간다.

결혼을 하면 신부는 신랑의 소유가 된다. 남자는 자산이 늘면 또 다른 신부를 사온다. 이렇게 일부다처 가정(Polygamy Family)이 형성된다. 이런 경우에도 신부는 반론을 제기할 수 없다. 자신이 낳은 아이들을 돌보는 것은 물론 둘째, 셋째 부인이 낳은 아이들을 돌보는 일도 함께 해야 한다. 첫째 부인인 우리 옆집 베티도 셋째 부인의 해산과 아이들 양육을 자기 집에서 함께 하고 있다. 가축과 가정을 지키기 위해 대가족이 필요했던 과거 유목 사회의 풍습이 현재까지도 지속되는 것이다.

어디서나 여성의 삶은 힘들지만 아프리카 여자들의 삶은 더 녹

아프리카에서
부르는 바람의
노래

록치 않다. 전통 가옥 형태의 집에서 살면서 자녀를 거의 혼자 힘으로 키워야 한다. 이른바 독박 육아다. 남편과 함께 살면서 가정을 돌보는 경우가 많지 않다. 남자들은 어디론가 떠돌아 사는 경우가 많고, 같이 산다고 해도 아내가 여럿이며 자녀들도 많아서 남자의 관심과 배려를 기대하기 어렵다. 양육비는 직접 농사를 지어서 충당해야 한다. 농사일은 여성의 몫이다. 연료로 사용하는 나무 구하기, 생활용수 길어오기, 집안일 하기 등 모든 가사 노동 또한 여성의 몫이다. 자녀 중 딸이 크면 어머니를 도와서 동생들 육아를 함께 한다. 결혼하기 이전부터 큰 딸의 가사노동과 동생들 돌보기가 시작된다. 공부를 이유로 이를 피해갈 수 있는 경우는 행운이지만 대체로 이런 삶은 여자들이 일찍 임신을 하면서 굴레처럼 돌고 돈다. 가난에서 벗어나고자 일찍 가정을 이루지만 대부분의 경우는 능력 없는 남자에게 유린되고 아이만 덜컥 낳는다. 경제적 능력이 없는 딸은 자기 아이를 엄마에게 맡기고 경제적 도움을 주겠다는 다른 남자를 만나서 떠나기도 한다. 농사를 지어서 생활비와 교육비를 대는 것은 턱없이 부족하다. 비누 한 장 사기도 어려운 형편이다. 이렇게 되면 여자의 어머니는 손주들까지 키워야 한다.

여성의 삶에 고통을 더하는 것은 교육의 부재이다. 배우지 못하면 직업을 얻기도 어려울 뿐더러 직업을 얻었더라도 임금이 매우 낮다. 조기 결혼한 여성의 경우 신랑에게서 신부 값을 받지도 못한 데다 일찍부터 아이를 키우느라 집안일 외에 할 수 있는 일이 없다. 이들이 교육 받지 못한 결과는 평생의 삶에 영향을 준다. 국가에서는 정책적으로 성 평등, 여성 고용을 이야기하지만 이는 일부 교육 받은 여성에게만 해당된다. 아쉽게도 이 나라 교육이 국가에서 시행하는 시험을 준비하는 체제이기 때문에 삶을 위한 교육이나 전인교육 같은 개념이 없다. 정규 교육을 받은 여성도 자신을 지키고 여성으로서의 인격과 권리를 지키며 살아가는 것은 온전히 자신의 몫이다.

여자들이 교육을 받지 못하는 것은 경제적인 이유 때문이다. 부모가 자녀의 학업을 지원하는 일은 거의 없다. 농사를 짓는 집에서는 자녀들의 일손이 필요하다. 집안일을 도와야 하고, 학비를 내기 어려울 경우 여자 아이들이 우선순위에서 밀려난다. 이렇게 학교를 다니지 못하게 되면 조기 임신의 길에 노출되기 쉽다. 아이를 기르면서 뒤늦게라도 공부하고 싶어도 누군가 육아와 살림, 학비를 지원해 주어야 하는데, 이런 일은 거의 일어나지 않는다.

모성애는 어떤 경우에도 위대하다. 이 사회를 유지하는 바탕은 여성들이 책임지고 자신들의 아이를 키워 내는 데 있다. 남편이 있든 없든 경제적 형편이 어떠하든 여성이 가정을 지킨다. 새벽부터 힘든 농사일을 마다하지 않고 물동이를 이고 물을 긷는다. 자식을 낳고 기르는 것을 신이 준 소임으로 알고 따른다. 어느 사회든 그 사회를 지켜 내는 것은 어머니이지만 이 사회 남자들의 부실한 역할 때문에 여성의 존재는 더 가치 있다.

아내는 이곳에 오면서 바로 동네 여성들을 모아 바느질을 해 왔다. 바늘 하나로 제품을 만들어 팔면 이들의 생활에 보탬이 된다.

아름다운 아프리카 문양을 살린 천으로 작은 가방을 만드는 훈련을 했고 이제는 제법 잘 만든다. 가장 큰 변화는 공방에 오는 부녀자들이 점점 예뻐진다는 것이다. 공예품을 하나 만들면 한국 돈으로 1,000원을 받는데 그 돈을 모아서 예쁜 가발도 사고 옷도 해 입는다. 돈을 더 모아서 재봉틀도 사고, 양이나 염소도 사서 키우고 싶어 한다. 자전거를 사고 싶어 하기도 하고, 아이들을 키우는 사람들은 자녀를 사립학교에 보내고 싶어 하기도 한다.

　　좀 슬픈 이야기를 늘어놓은 탓에 이곳 여성의 삶을 잘못 이해할 수도 있겠다. 이곳 여성들은 강인하고 아름답다. 어느 곳이나 여성들로 인해 세상이 아름다워지지만 이곳 아프리카는 특히 더 그렇

다. 이곳 여성들은 화려한 원색의 의상을 즐겨 입고 머리 모양도 매우 다양하게 연출한다. 맑은 눈과 검은 피부에서 나오는 건강미는 몹시 빼어나다. 화려한 장신구도 이들에게 잘 어울린다. 젊은이들이 차려입은 멋진 옷들은 대부분 헌옷 가게에서 사서 고쳐 입은 것들이다. 여성들은 경제적 여유가 생기면 가장 먼저 청결 용품을 사고, 다음으로 머리를 가꾸고 옷과 화장품 등을 산다. 아름다움이 곧 자존심이기 때문에 절대로 허드레옷을 입고 밖에 나가지 않는다.

그런데 이들은 이렇게 가꾸면서 자존심을 표현할 기회가 별로 없다. 내가 있는 대학교는 젊은이들이 공부하러 모였으니 꾸미기가 가능하지만 보통의 경우는 다르다. 일찍 아기를 낳은 사람들은 육

◀ 소녀들이 연료로 쓸 나무를 해오고 있다.
▲ 한 소녀가 일을 하다가 잠시 쉬고 있다.

아와 가정 살림에 바빠 미를 뽐낼 기회가 없고, 농촌에 사는 이들도
땅 파고 물 긷고 나무하느라 기회가 없다.

아프리카에서
부르는 바람의
노래

어떤 남자의 삶

아곤 찰스는 우리 학교에서 나무와 꽃을 관리하는 직원이다. 몸집은 크지 않은데 점심 시간이면 엄청난 양의 식사를 해서 내가 종종 놀리곤 하는데, 그때마다 그는 깊은 주름을 보이며 그냥 싱긋 웃고 만다. 어느 날 학교를 관리하는 직원들의 회식 자리에서 자녀가 얼마나 있는지 물어보니 그에게는 여덟 명의 아이들이 있다고 했다. 그가 수줍게 자녀수를 말할 때 우리는 모두 웃었다. 저 약한 몸에 어떻게 여덟을 낳고 키우는지 의아하다는 나의 표정 때문이었다. 그러나 직원들 모두 자녀가 대여섯은 되는데다가, 부인 둘에 열세 명의 자녀를 둔 직원도 있기 때문에 찰스의 경우는 그렇게 대수로운 일이 아니었다.

최근 들어 찰스는 맡은 일을 잘 해내지 못했다. 학교 정원에서 긴 칼을 몇 번 휘둘러 나무를 다듬고는 한참을 멍하니 서 있기를 반복했다. 그냥 보기에도 너무 힘이 없어 보였다. 학교 시설 관리 책임자를 통해서 그에게 무슨 일이 있는지 알아보니 "두 번째 아내가 도

◀ 우간다에서는 평범한 일부다처제 가족의 구성원들이다.

망가고 몸은 아픈데다가 아이들 돌보는 일도 벅차서 성실하게 일하지 못했다"는 것이었다. 사실은 계속 이렇게 일하면 더는 일을 맡길 수 없다고 통보하려고 했다. 그 전에 혹시 무슨 사정이 있는지 알아보려 한 것인데 오히려 미안한 마음이 들었다. 자신의 형편을 알아주는 이가 있구나 싶어서인지 이후 찰스는 열심히 일했다. 학교에서는 급여가 낮은 직원들을 위해서 약간이라도 부업이 될 만한 일을 만들기도 하는데, 그때마다 그는 약한 몸으로 나와서 열심히 일했다.

그런데 며칠 전 찰스의 일곱 살짜리 막내아들이 죽었다는 소식을 들었다. 이곳에서 아이들이 죽는 것은 흔한 일이다. 사람들도 담담해 보였다. 아들의 장례는 학교와 멀지 않은 그의 집에서 치러졌다. 묘지는 가족이 살고 있는 집터에 만들었다. 우리 마을 부족은 울타리 안에 죽은 가족의 묘지를 만드는 풍습이 있다. 가족이 죽으면 그를 가까이 두고 기리며 산다. 말라리아에 걸린 찰스의 아들은 치료가 늦어져 죽고 말았다고 했다. 찰스의 둘째 부인이 막내아들을 데리고 타지에서 살다가 장례를 위해서 시신을 운구해 왔다. 주름진 얼굴에 슬픈 모습을 한 찰스를 바로 볼 수가 없어서 그의 거친 손을 붙들고 등을 두드려 주고 돌아왔다.

학교 직원들이 찰스와 그의 부인에 대해서 하는 이야기를 들었다. 그는 첫째 부인과 결혼해서 네 명의 자식을 얻었다. 그런데 첫째 부인이 재혼하면서 네 아이 중 한 아이만 데려갔다. 찰스는 첫째 부인에게서 신부 값으로 준 소 세 마리를 돌려받았고, 그것으로 다시 새 신부의 값을 치르고 둘째 부인을 데려왔다. 그리고 둘째 부인과의 사이에서 네 명의 자식을 낳았다. 그런데 얼마 전 둘째 부인 역시 막내 아이만 데리고 찰스 곁을 떠났다. 이로써 찰스는 부인 없이 혼자서 여섯 명의 자식을 키우게 되었다.

찰스는 젊고 자기보다 공부를 많이 한 둘째 부인을 데려오면서 공부를 계속할 수 있게 해주겠다고 약속했단다. 실제로 찰스는 그 약속을 지켰고, 둘째 부인은 유치원 교사를 목표로 공부했다. 문제는 졸업 후 부인이 취업하면서 생겼다. 취직한 학교의 사택에 기거하더니 아예 집으로 돌아오지 않은 것이다. 학교 정원 관리사인 남편과 유치원 교사인 자신의 수준 차이 때문에 더 이상 함께 살 수 없다는 것이 이유였다. 새로 일하게 된 학교에서 자신의 수준에 맞는 다른 남자를 만났다는 뜻이기도 했다. 그 날 장례식에 참석한 사람들 속에 둘째 부인도 있었다. 죽은 막내, 남겨진 아이들, 늘어진 어깨를 한 찰스의 인생까지 모두 그녀의 책임인 것처럼 그녀를 바라보았다.

우리 마을 남자들은 종종 젊은 아내를 데려오면서 공부를 계속하게 해주겠다는 약속을 한다. 그리고 이 약속을 지킨 남자들은 이혼을 당하기도 한다. 찰스의 경우처럼 말이다. 이 이혼 사유가 사실이라면 어처구니없는 일이다. 우간다에서 가정에 문제가 생기면 나는 모두 남자들의 탓이라고 생각해 왔다. 경제적으로 힘들어도, 남편이 가정을 돌보지 않고 밖으로 나돌아도 여자들은 자식을 책임지려고 애썼다. 그런데 그렇지 않은 경우도 꽤 많다고 한다. 물론 단순히 부부 간의 수준 차이가 이유만은 아닐 것이다. 하지만 이런 말이 회자된다는 것 자체가 의아하다. 남자들의 변명일 것이라는 생각도 한다. 그러나 자식을 남겨 놓고 떠나는 어미의 마음을 나는 이해하기 어렵다. 이렇게 남겨진 아이들은 쉽게 병들고 죽어 버리는 경우가 생기니까 말이다.

찰스가 학교에서 왜 그렇게 밥을 많이 먹는지 이해가 되었다. 부인 없이 아이들만 있는 집에서 무엇을 제대로 먹을 수 있었겠는가. 학교에서 먹는 점심 한 끼로 하루 식사를 해결했을 것이다. 회식하던 날 다함께 먹으려고 가져다놓은 음식이 없어진 적도 있다. 찰스가 집에 있는 아이들 생각에 따로 챙겨놓은 것이다. 지금 집안 살림은 고등학교 1학년 된 딸이 맡아서 한다고 했다. 엄마 없이 아이들만 여섯 있는 집안 살림이 어떨지 상상이 안 된다. 학교 일 말고도 틈틈이 농사를 지어야 생활할 수 있는 형편인데 찰스는 여윈 몸으로 농사일을 다 해낼 수 있을까?

나는 아직 찰스의 고통을 잘 모른다. 아내가 떠난 슬픔도, 아이가 죽은 아픔도 모른다. 신앙 좋은 찰스는 막내가 천국에 갔으니 괜찮다며 울지도 않고 눈만 끔뻑대며 장사를 지냈다. 아들을 잃은 아비의 마음도 나는 모르지만, 더 모르는 것은 이제 쉰다섯이나 된 나이에 아내도 없이 여섯 아이를 키워 내야 하는 그의 무거운 마음이다. 벌이도 시원치 않고 몸무게도 44킬로그램밖에 나가지 않는 여윈 아버지와 살아가야 하는 여섯 아이들은 또 어떤가. 아들의 장례를 마치고 다시 출근한 슬픈 표정의 찰스를 불러서 그의 어깨를 두드리며 생활비를 좀 쥐어 주는 것이 내가 할 수 있는 일의 전부였다.

부족사회에서 유목이나 농경을 생활 수단으로 삼았을 때에도 어려움은 있었겠지만, 내가 사는 이곳 시골 사람들의 삶은 그야말로 몸살을 앓는 중이다. 먹을 것은 농사지어 해결하지만 아이들 교육을 시킬 돈을 마련하기는 너무 어렵다. 그래서 돈을 벌 수 있는 곳이면 어디든 몸을 불태우듯 쫓아다녀야 한다. 아이와 남편을 집에 두고 떠났다가 가정이 깨지기도 한다. 살림하는 여자들의 경우 벌이가 더 괜찮은 남자를 찾아서 떠나기도 한다. 이런 경우 남겨진 힘없는 남편, 영문도 모르고 내쳐진 아이들은 그런 채로 삶을 이어 가야 한다. 어려운 상황을 해결하기 위한 몸부림이니 누구를 정죄할 수도 없는 노릇이다.

찰스의 둘째 부인이 남편과의 수준 차이 때문에 집을 나간 것이 아닐 것이라고 믿는다. 자신이 낳은 아이들 넷에 첫째 부인이 낳은 아이들 셋을 덤으로 키우는 것이 힘들었을 것이다. 농사와 집안일에 매달려 10여 년 아이들 낳고 살아봐도 별 희망이 없으니 갈등이 많았을 것이다. 부인이 집을 나간 경위야 어떻든 착한 찰스는 전 부인 둘 중 하나라도 돌아오면 좋겠다고 내게 말했다. 특히 아직 아이들이 어리니 둘째 부인이 돌아오면 좋겠다고 했다. 그러나 지금은 친족들이 둘째 부인이 돌아오는 것을 원하지 않기 때문에 기다려야 한단다. 기다리면 그녀는 돌아올 것인가. 그렇게 되면 찰스는 학교에서 점심밥을 그렇게 많이 먹지 않아도 되고 남은 음식을 챙

기느라 눈치를 살피지 않아도 될 것이다. 내가 보는 아프리카의 슬픔은 찰스의 검고 여윈 얼굴의 주름만큼이나 깊다.

천국이
많지 않다

우리 학교 교수인 오무라라가 갑자기 죽었다. 아직 어두운 새벽 출근길에 누군가가 뒤에서 팡가(정글에서 쓰는 긴 칼)로 그를 내리쳤다. 어둠 속에 쓰러져 있는 그를 사람들이 병원으로 옮겼으나 치료도 받지 못하고 숨을 거두었다. 다음날 학교에서 학교장을 치르고 이튿날 그의 고향 마을에서 장례를 치르며 사건은 3일 만에 종료되었다. 학교의 모든 학생과 교직원이 장례식에 참석했다. 젊은 나이에 교수가 되어서 긴장한 탓인지 잘 웃지 않던 그는 성실한 학교생활로 신임을 받아서 지난 학기부터는 계절제 중등학부의 학과장을 맡았다. 이곳에 와서 이미 몇 차례 가까운 사람들의 죽음을 맞았지만 이번 경우는 너무나 황망했다. 죽음을 다루는 절차와 방식 또한 매우 낯설었다.

타살 사건이 생기면 일반적으로는 경찰 조사가 시작되고 사인을 밝힌다. 장례는 그 다음이다. 누구에 의해서 왜 어떻게 죽었는지 밝히지 않는 것은 망자에 대한 도리가 아니다. 유족에게는 살아

◀ 우간다 쿠미 지역의 남자들이 소를 끌며 농사를 짓고 있다.

있는 동안 가슴에 한이 맺히는 일이다. 재발 방지를 위해서도 범인을 찾아내서 법적 조치를 취해야 한다. 그런데 이번 사건의 경우 이런 절차가 모두 생략되었다. 사람들은 이런 일이 흔하다고 말했다. 현행범이 잡힌 경우에도 민사 사건으로 돌려 합의를 보게 한다. 보상에 합의하지 못했거나 보상 약속을 지키지 못한 경우에나 감옥에 간다.

왜 살인 사건을 제대로 조사하지 않고 장례를 치르냐는 나의 질문에 사람들은 다음과 같이 답했다. 첫째, 경찰이 움직이지 않는다. 이 나라 경찰을 움직이려면 별도의 돈이 필요하다. 수사 팀을 꾸리고 수사를 하게 하려면 모든 수사 경비를 의뢰자가 지출해야 한다. 학교에서 종종 일어나는 사건 사고도 형사 사건인 경우 경찰에게 활동비를 주고 수사를 의뢰해야 한다. 그들이 움직일 때마다 지속적으로 활동비를 제공해야 일이 진행된다. 그러나 경찰의 활동비를 감당할 만한 경제적 능력이 있는 사람은 많지 않다. 둘째, 유족은 범인이 누구인지, 왜 그랬는지 밝히고 싶어 하지 않는다. 보복 때문이다. 만일 범인을 찾아서 입건을 한다거나 보상을 요구하면 해당 집단에서 또 다시 피해자 가족에게 보복성 가해를 할 수도 있다. 엄청난 재력과 세력이 있지 않는 한, 사건은 그렇게 연쇄 작용을 할 수도 있다.

오무라라의 시신을 학교로 운구했다. 교문부터 강당까지 도열한 학생들이 흐느꼈다. 가족들도 함께 와서 그를 추모하는 시간에 내가 이야기했다. "도대체 이 사회의 안전은 누가 담보합니까? 이렇게 누군가에 의해서 이유도 모른 채 죽은 사람이 있는데 왜 분노하지 않습니까? 이런 일을 당하는 사람은 대부분 사회적 약자입니다. 이미 벌어진 일을 되돌릴 수는 없으나 사회의 지도층이 될 여러분은 이런 불의한 일에 대해서 대안을 만들어야 합니다."

그를 추모하는 사람들 중에 이런 이야기를 하는 사람은 이방인인 나밖에 없었다. 모두들 어느 장례식에서나 그렇듯이 초연했고, 이렇게 함께해 주어서 감사하다는 정도의 인사말을 유족 대표가 했을 뿐이다.

아프리카 사람들에게 천국은 멀지 않다. 죽음이 이렇게 가까이 있기 때문에 천국 또한 가깝다. 그래서인지 이들은 가족이 죽으면 묘지를 집 가까이에 만든다. 죽었으나 영원히 헤어지지는 않았다는 뜻이다.

학교에 와서 처음 맞은 죽음은 사라의 죽음이다. 사라의 죽음 앞에서 나는 그저 이렇게 기도했다. "하나님, 내 학생들에게 하루 한 끼라도 제공할 수 있으면 좋겠습니다." 학교에서 근무하다가 쓰러져 3일 만에 죽은 교무과의 제임스도 있다. 그는 말라리아와 장티푸스인 줄 알고 독한 약을 복용했으나 사인은 급성 폐렴이었다. 이곳 시골 병원에서는 그의 증상을 제대로 진단하지 못했다. 그래서 그의 죽음 이후 나는 교직원들에게 말했다. "흔히 걸리는 말라리아나 장티푸스 증세와 다른 것 같은 느낌이 들면 내게 말해 주십시오. 학교에서 여러분의 건강 보험을 가입해 줄 여력은 없지만 큰 병원에 가서 진료를 받을 수 있도록 돕겠습니다." 허약한 대안으로 사람

들을 달래며 제임스의 죽음을 마무리했다.

이곳에서 가장 많이 듣는 소식은 '장례식에 가야 한다'는 것이다. 유아 사망은 흔한 일이다. 어린아이도 많이 죽고, 어른도 많이 죽는다. 이제 분쟁이나 전쟁으로 죽는 사람은 거의 없지만, 아직도 말라리아 같은 풍토병으로, 충분히 치료할 수 있는 성인병으로 죽어 간다. 기본적으로 어린아이들은 섭생이 제대로 되지 않으니 영양 부족과 면역력에 문제가 있어서 죽는 경우가 많고, 여전히 에이즈 같은 병으로도 죽는다. 또 언덕도 없고 구부러진 길도 없는 평지에서 교통사고가 그렇게 많이 일어난다. 대중교통 수단으로 쓰이는 오토바이 때문이다. 친족의 장례식에 참석하는 일은 의무적인 일이며 가까운 마을 사람들의 경우 함께 마음을 나누며 돕는다는 의미로 모든 사람이 하루 종일 열리는 장례식에 참석한다. 이곳의 장례식은 언제나 의연하다. 이들은 슬픔은 다 삼켜 버리고 죽은 이가 천국에 가게 되었다는 이야기를 하며 노래를 부른다.

나는 교직에 있을 때 제자들의 죽음을 몇 차례 겪었다. 살아있어야 말을 하고 힘든 일에도 의미를 부여한다. 죽고 난 후의 말할 수 없는 허망함이 지금도 마음속에 선명히 남아 있다. 지금은 고통스런 이 세상을 하직하고 일찍 천국에 간 것을 기뻐하는 아프리카에 살고 있으니 나도 그렇게 의연한 모습으로 죽음을 대해야 할까. 아프리카에서 인간은 유일하고 고귀한 존재가 아니라 많은 사람 중 한 사람일 뿐이다. 살인자와 합의를 해서 보상을 받는다 해도 보통은 소 일곱 마리면 그만이다. 죽음은 흔한 일이므로 너무 심각하게 다루면 삶이 힘들어진다. 학교 운영상 오무라라의 빈자리는 누군가에 의해 대신 채워지겠지만 내 둘째 이삭이와 같은 나이인 그의 허망한 죽음 앞에서 마음이 쉽게 추슬러지지 않는다.

◀ 학교 교직원의 장례식 풍경이다.

우간다의 교육은
생존이다

좋은 교사,
좋은 교육

우간다의 학생들은 책 없이 공부한다. 유치원부터 초등학교 3학년까지는 교실에 책걸상도 없다. 보통 교실에는 100명이 넘는 학생이 모여 있다. 교실이라는 공간도 없을 때는 큰 나무 아래 모여서 공부한다. 선생님의 이야기가 이들이 배울 수 있는 유일한 통로이기 때문에 아이들은 선생님 말씀을 아주 열심히 듣는다. 텅 빈 교실과 운동장만 있어도 아이들은 학교에 가는 것을 매우 좋아한다. 선생님에게 배울 수 있고, 친구들과 놀 수 있으며, 집에서 하는 농사일에서 빠져 나올 수 있기 때문이다. 그래도 가족 중 하나는 집에 남아야 한다. 집에서 키우는 가축을 먹이고 야생 원숭이에게서 농산물을 지켜야 하기 때문이다. 가끔 부모님이 장에 갈 때는 형제 중누군가 어린 동생을 돌봐야 해서 또 학교에 갈 수 없다.

학생들은 집중해서 선생님 말씀을 잘 듣고 적어서 외워야 한다. 집에 가면 밤을 밝힐 전기가 없기 때문에 학교에서 선생님과 함께 있을 때 최대한 암기를 잘 해두어야 한다. 그렇게 하지 않으면

시험에서 실패하고, 인생에서 낭패를 본다. 국가에서 시행하는 초등학교 졸업시험, 중학교 졸업시험, 고등학교 졸업시험의 결과가 향후 인생의 질을 가름하기 때문이다. 중·고등학교, 대학별 입학시험 같은 것은 따로 없다. 모두 국가시험으로 입학 여부가 결정된다. 국가시험이 끝나면 평가위원회는 어느 학생이 좋은 성적을 거두었고, 어느 학교에 상위권 학생이 많았는지 일간지에 공고한다. 이 시험 성적에 근거하여 최고의 교육을 한 선생님의 이름과 사진도 싣는다. 국가시험 시즌이면 일간지에는 예상 문제를 실어서 온 나라 학생들이 시험을 준비하도록 돕는다.

우간다 사람들의 임금은 공부한 양에 비례하여 결정된다. 같은 일을 해도 학력에 따라서 임금 차이는 분명하다. 중학교를 졸업한 사람이 고등학교를 졸업한 사람보다 임금을 더 많이 받는 경우는 없다. 이런 이유로 초등학교 교사와 중·고등학교 교사의 임금 차이는 현저하다. 이곳 초등학교 교사는 고등학교 2, 3학년을 PTC에서 공부한 후 국가시험을 통과해 교사가 된다. 이들의 임금은 고등학교 졸업자에게 주어지는 만큼이다. 반면 중·고등학교 교사는 3년제 정규 대학을 졸업한 사람들이다. 그리고 이들의 임금은 학사 출신이 받는 만큼 받는다. 우리 학교에서 일하는 80여 명의 직원들은 모두 다른 임금을 받는데 이는 철저히 이들의 공부한 만큼이다. 몇 년을 일했는지, 얼마나 일을 잘 하는지는 상관없다. 오직 학력이 기준이다. 우리나라에는 초등학교, 중·고등학교 선생님들의 학력이 모두 같고 임금 차이도 없다고 하면 사람들이 깜짝 놀란다.

우간다 정부에서는 10학년까지를 의무교육으로 정하고 학비
는 국가가 지원한다. 그러나 정부는 공립학교에 최소한의 교사 임
금과 교육비만 제공한다. 특별 교육을 위해서 교사들을 더 채용하
거나 특별 프로그램과 시설을 설비하는 것은 모두 학부모의 몫이
다. 그래서 돈을 거의 내지 않는 공립학교 교육을 사람들은 신뢰하
지 않는다. 가능하면 돈을 더 내더라도 좋은 공립학교 혹은, 학비가
많이 드는 사립학교에 보내려고 한다. 대부분의 일반 공립학교는
국가시험에서 좋은 성적을 내는 경우가 적으며 따라서 상위 학교
진학도 어렵다. 이런 이유로 의무교육 상황에서도 부모의 재정적인
능력은 학생들의 학업 성취도를 좌우한다.

유치원과 초등학교 저학년은 학생들로 교실이 북적이는 반면
초등학교 고학년으로 올라갈수록 학생 수는 현저히 줄어든다. 중·
고등학교에서는 여학생 수가 급속히 줄어든다. 이런 현상의 배후

에는 경제적 이유 외에도 여자 아이들의 조기 임신 문제가 있다. 십대에 아기를 갖는 경우에는 더 이상 공부를 하기 어렵다. 더 공부할 수 없어서 아이를 갖기도 할 것이다. 국가의 계도와 민간단체의 노력으로 최근 들어 이런 사례가 상당히 줄었다고 한다. 그러나 코로나 봉쇄 2년간 여학생들의 조기 임신 사례는 다시 급속히 늘어났다.

교육비는 우간다 사람들의 소득 수준에 비해서 턱없이 비싸다. 대학으로 비교해 볼 때 등록금은 대략 우리나라의 10분의 1 수준이지만 이들의 최저 임금은 우리나라의 30분의 1 수준이다. 더구나 우리 학교가 위치한 농촌 사회에서의 수입은 이보다 훨씬 적다. 아무리 열심히 농사를 지어도 학비를 대기 어렵다. 수두룩하게 낳아 놓은 자식들의 학비를 농가가 감당할 수 없다. 그래서 누군가 마을에서 공부를 잘하면 이 사람 저 사람 도와서 공부를 시킨다. 한 학생이 대학교를 졸업하면 온 일가친척이 졸업식장에 몰려온다. 졸업식을 끝내면 마을에 가서 잔치를 한다. 그러나 이런 일은 늘 매우 소수의 사람들만 누리는 특권이다.

우간다 사람들의 엄청난 교육열은 교육에 따른 임금 수준의 차이, 그리고 그에 따라 생기는 신분 차이에 그 원인이 있다. 그러나 이들의 교육열에는 한 가지 이유가 더 있다. 아프리카 사람들은 고대로부터 개인의 지식과 경험을 매우 중요한 가치로 여기는 경향이 있다. 그들은 가시적인 것은 공유한다. 음식은 나누어 먹는 것이지 혼자 먹는 것이 아니다. 물건도 가능하면 나누어 쓴다. 공간도 사유

◀ 쿠미 지역 한 초등학교의 1학년 교실이다.

공간이 거의 없다. 잠자는 방은 아주 작고 어두워서 잠을 자는 용도로만 쓴다. 날이 밝으면 나무 아래서 밥을 지어 함께 먹는다. 이웃이 가까이 있으면 반드시 불러서 같이 먹는다. 현대 사회의 절대 권력인 돈도 공유물이다. 돈을 자기를 위해서 쌓아 두면 가족과 이웃에게 미안한 일이 된다. 돈을 벌면 나누어 쓴다.

　　그러나 지식은 소유한다. 주머니에 아무것도 없어도 지식과 지혜만 있으면 살아남을 수 있다고 생각한다. 그래서 공부를 많이 한 사람, 나이가 많은 사람의 경험과 지식을 존중한다. 철저하게 실용적 사회가 되어서 나이 들면 쓸모없는 사람으로 인식되어 가는 한국 사회와 다르다. 지식과 지혜를 갖춘 사람들의 이야기를 경청하며 존경한다. 한국에서는 이미 전철 무임 승차가 가능한 나이가 된

내가 여기서 이렇게 일할 수 있는 것도 이들의 전통 문화 덕분이다.

동일한 하나님의 창조세계 안에 이렇게 다른 삶이 있다는 것을 이곳의 교육으로 알 수 있다. 이들의 모습을 보고 연민이 생길 수도 있다. 사랑은 거기서 시작되는 것이라고 믿는다. 나는 개인적으로 회심의 시기에 그분과 한 약속 때문에 이곳에서 나와 좀 다른 형제들과 함께 살아가고 있을 뿐이다. 이들과 함께 고민하고 함께 아파하며 함께 꿈틀거리는 것이 나의 삶이다. 헌신도 아니고, 희생도 아니다. 이 삶을 통해서 나는 그분이 약속하신 그 무언가를 경험하는 복을 누리고 있으니 말이다. 부르심이 있는 곳에서 소임을 다하는 것 외에 무엇이 더 중요할까. 혹여 실패가 불 보듯 뻔해도 해야 할 일이라면 한다는 소신으로, 부르신 그곳에서 한 걸음 한 걸음 걸어갈 뿐이다.

◀ 학교 가는 것을 제일 좋아하는 우간다 아이들

짧은 이야기, 긴 생각 1
우간다의 초등교육

2016년 유니세프는 우간다 초등학교 입학생 중 불과 50퍼센트 정도만이 초등교육을 마친다고 발표했다. 이 통계가 사실이라면 다행이다. 내가 관찰한 바로는 이보다 훨씬 더 많은 아이들이 중도에 학업을 포기하기 때문이다. 아예 초등학교에 입학하지 않는 학생도 20퍼센트 정도나 된다. 1학년 입학생 수와 최고 학년인 7학년 재학생 수는 현저히 차이가 난다. 우리 쿠미 지역 학교의 상황이 대부분 이렇다. 초등학생들의 학업 포기는 경제적인 어려움과 조기 임신, 조기 결혼이 주요인이다. 우간다는 1997년 초등학교와 중학교 무상교육을 발표했으며, 여아들의 조기 임신 문제는 사회 문제로 늘 거론되는 주요 현안이지만 지금까지 상황은 크게 개선되지 않고 있다. 초등학교 학업 포기의 원인 자체도 큰 문제이며 이로 인한 빈곤, 문맹, 사회적 소외 등 치명적 결손은 더 큰 문제이다. 아프리카의 많은 나라가 우간다와 비슷한 실정이다.

우간다 전체 학교 중 70퍼센트는 공립학교다. 학교의 주요 교

아프리카에서
부르는 바람의
노래

사는 국가 공무원이다. 특별 교사나 시설은 학부모들이 회비를 걷어서 충당한다. 교복이나 급식, 특별 활동비도 모두 학부모가 부담한다. 따라서 교육에 필요한 경비는 상당 부분 학부모의 몫이다. 그런데 이것보다 더 큰 문제가 있다. 교사들이 학생들을 잘 가르치지 않는다는 것이다. 가르치지 않아도 월급은 받을 수 있다고 생각하기 때문이다. 월급이 적은 것도 가르침의 동기를 훼손하는 문제일 것이다. 국가에서 주는 교사의 월급이 초임의 경우 30만 실링(한화 10만 원) 남짓이며 10년 경력의 교사도 40만 실링 정도의 급여를 받는다. 공립학교 교사들이 잘 가르치지 않는다는 근거는 초등학교 졸업 시험인 PLE(Primary Leaving Examinations)의 결과가 뒷받침해 준다. 공립학교에서 공부한 학생들은 시험 결과가 좋지 않다. 1등급의 결과를 내는 학생이 거의 없을 정도다. 시험 결과가 이렇다 보니 부모들은 자녀들에게 농사일이나 집안일을 시키면서 학교에 잘 보내지 않는 경우가 많다. 우리 옆집 조지는 여덟 명의 자녀가 있는데 아이들을 하루씩 번갈아 가며 학교에 보내지 않는다. 낮에 농작물을 훔쳐 먹는 원숭이를 쫓기 위해서다.

우리 대학교 인근에 한국 선교사가 운영하는 사립학교가 있는데 명문 학교라고 정평이 나 있다. 지난해에도 PLE 시험을 치른 101명의 학생 중 100명이 1등급의 성적을 냈다. 이 학교는 초등학교임에도 전교생 1,000여 명 중 600여 명이 기숙하며 공부를 한다. 조기 유학을 하는 것이다. 이 학교 학생들은 새벽 6시에 일과를 시작한다. 주말에도 평일과 비슷한 일정으로 공부하고 주중에는 밤 9

시까지 교실에 불을 밝히고 공부한다. PLE 시험을 치르는 초등학교 7학년의 경우는 특별 보충 수업까지 받는다. 사람들은 자녀들을 이 명문 초등학교에 입학시키기 위해서 유치원 때부터 글공부에 열중시킨다. 이 명문 초등학교를 우수한 성적으로 졸업하면 가게 되는 수도 캄팔라의 중·고등학교는 대부분 쿠미대학교보다 학비가 훨씬 비싸다.

여러 요인으로 초등학교 입학생 중 대학생이 되는 학생은 불과 2.5퍼센트 미만이다. 우리 학교처럼 이름 없는 시골 대학에 입학한 학생도 이 범위 안에 있는 학생들이다. 만일 공립학교를 거쳐 우리 학교까지 왔다면 그 학생은 성적이 매우 우수한 학생일 것이다. 그래서 대학생들은 옷차림도 말끔하게 하고 행동거지도 어수룩하게 하지 않는다. 학교를 졸업하고 의사나 판사, 변호사, 교수가 되었다면 이들의 자존심은 하늘을 찌른다. 상황이 이렇다 보니 가정의 모

아프리카에서
부르는 바람의
노래

든 재원을 자녀 교육에 쓰기도 한다.

우간다 초등교육은 7년제이다. 중학교는 4년, 고등학교 교육 또는 직업 교육은 2년, 대학교 교육은 3년이다. 초등교육은 1~3학년 기간과 4~7학년 기간의 교육과정 운영이 현저히 다르다. 1~3학년에 해당하는 저학년(Lower Primary) 과정에서는 환경과 문화, 역사, 날씨, 건강 등의 선택 주제를 부족어와 함께 공부한다. 이른바 통합 교육이다. 유치원 교사 양성 과정을 마친 교사들이 가르친다.

4학년에 올라가면서부터 영어와 수학, 과학, 사회, 종교, 예술 등의 교과목 형태의 과정을 공부한다. 1~3학년은 담임교사가 수업을 하지만 4학년 이후부터는 전담 교사가 가르친다. 그러나 이 고학년(Upper Primary) 교육은 7학년을 마치면서 치르는 국가시험에 치중되어 있어서 예체능이나 부족어 교육은 거의하지 않고 시험 과목인 영어, 수학, 사회, 과학 교육에 치중한다. PTC를 마친 교사들이 가르친다. 최근에 국가에서는 초등 교사들의 자질을 높이기 위해서 PTC를 학사(B.A.)과정으로 변화시키고 있다.

아쉽게도 우간다의 교육은 영국의 영향을 많이 받았다. 영국 교육은 귀족 교육과 공교육으로 나뉘어 있고, 공교육은 최선의 교육이 아니라 최저 수준을 담보하는 수준이다. 18세기 산업혁명 때부터 시작된 영국의 공교육은 산업 생산에 필요한 인력을 키워 내기 위해서 시작되었다. 독일의 경우, 루터가 종교개혁을 하면서 만인제사장설을 선포했고, 제사장인 사람들을 잘 교육해야 한다며 공교육을 부르짖었다. 그래서 언어와 문학, 수학, 논리 등 일반 교육과

◀ 우간다 쿠미 지역의 한 초등학교 3학년 교실의 모습이다.

정의 교육을 교회가 먼저 시작했고, 나중에 국가가 그 책임을 넘겨받았다. 독일을 비롯해서 루터와 칼뱅의 영향을 받은 북유럽 국가들은 사람을 '하나님의 형상'으로 보고 누구에게나 교육이 필요하다는 철학으로 공교육을 시작했다. 영국의 교육을 그대로 받아들인 우간다는 좋은 직업과 결혼 그리고 윤택한 삶을 위해서 교육 받는 것이 보편화된 가치가 되어 버렸다.

교과서도, 전기도 없는 시골에서 교사가 유일한 학습의 통로인데, 그나마 가르칠 동기를 잃은 선생님에 의존하는 학생들을 보면 안타까운 마음이 든다. 장날이면 부모님 대신 어린 동생을 돌봐야 하고, 농사짓느라, 추수하느라 학교에 갈 수 없는 아이들의 심정은 어떨까. 이 아이들은 경쟁의 기회마저 얻지 못한다. 그러나 내가 보는 우간다 아이들은 밝고 희망적이며 신앙도 좋다. 수업 시간에 딴 짓을 하지 않는다. 교실에 아이들이 꽉 차 있는데도 주의를 집중시킬 필요가 없다. 요즘 한국의 아이들처럼 정신적인 문제를 호소하는 아이도 안 보인다. 아이들은 보통 해가 뜨기도 전에 어둠을 뚫고 학교로 나선다. 교복을 입고 학교에 가는 것이 자랑스럽다. 학교에 있는 시간의 대부분을 운동장에서 놀지라도 일찍 일어나 아침밥도 안 먹고 학교로 간다. 오후 3시에 수업이 끝나도 해가 질 때까지 학교에서 뛰어놀다가 집으로 간다.

얼마 전부터 우리 학교에서는 컴퓨터 프로그램으로 초등학교 교육을 돕는 모임이 시작되었다. 교육학부 학생들과 컴퓨터 공학과 학생들이 힘을 모았다. 우리 동네 공립학교 재학생들이 시험을 잘 보게 하자는 취지에서다. 한 사람의 돕는 이와 함께 모일 수 있는 공간만 있으면 된다. 교육제도와 철학을 바꿀 수 없고, 교육환경을 대대적으로 개선할 수도 없는 상황에서 학생들은 이 방법으로 현장 교육을 지원하고자 일을 벌였다.

학교 차원에서 지원하는 현장 교육 개발 프로그램도 있다. 영세한 학교에 대출 제도(School Loan)를 실시하는 것이다. 학교 개발 자금이 필요한 학교 지도자와 교사들을 교육하고 발전 전략을 논의

▲ 교정에 초등학교 아이들이 모여 있다.

하면서 저금리 자금으로 학교 발전을 도모한다. 빌려 준 자금은 다시 회수하여 더 높은 단계의 발전 계획에 투자한다.

우간다의 소외된 지역에는 커뮤니티 스쿨(Community School)이 있다. 우리나라 초기 기독교 부흥 운동 중에 교회와 함께 생겼던 많은 기독교 학교와 그 설립 동기가 같다. 아직은 개발 지원 자금도, 지원 방법과 개발을 위한 교육도 더 고안해야 한다는 과제가 있다. 하지만 자립하고자 애쓰는 교사들과 함께 한 발씩 내딛는다면, 희망의 실체를 볼 수 있을 것이다. 우간다는 교육적으로 보면 분명 거친 광야이지만 하나님은 언제나 이런 곳에서 희망이 없어 보이는 사람들을 통해 일하신다. 좋은 교육은 아이의 권리이자 어른의 의무이다.

짧은 이야기, 긴 생각 2

우간다의 중등교육

비가 오는 날이면 나는 학교에 가는 친구들을 보며 울었다. 아침 밭일을 하면서 언제 이 공부를 그만두어야 할지 생각했고, 아버지는 아들인 나의 공부를 위해서 마지막 남은 이 땅을 언제 팔아야 할지 고민하셨다. 학교에 가도 교복도 책도 공책도 없어서 교실 한쪽 구석에 앉았다가 되돌아오는 날이 많았다. 등록금을 낼 수 없는 학기에는 집에서 농사일을 도왔다. 그런데 나는 지금 기적같이 대학교 교실에 앉아 있다. 이 공부만 끝나면 중·고등학교 교사가 될 수 있다. 돈도 벌 수 있고 나처럼 어렵게 공부하는 학생들을 가르치며 격려할 수도 있다. 인생은 언제나 비(Raining)와 햇빛(Sun Shining) 사이를 오간다.

위의 글은 마틴이라는 사범대 학생이 쓴 자신의 인생 이야기 중 일부다. 이런 이야기는 여기서 흔한 일이다. 자기 인생 이야기를 써 보라고 하면 대부분 공부는 하고 싶었는데 학비가 없어서 어려

움을 겪은 이야기를 쓴다. 1, 2년 휴학하는 것도 다반사다. 지금 우리 학교의 최고령 학생은 마흔한 살이고 그 다음은 서른다섯, 이십 대 중후반의 학생도 많다. 제때 대학교에 들어온 학생이 어려 보일 정도다. 대부분은 가족 중 유일하게 자신만 대학 공부를 하고 있고, 마을을 통틀어 유일한 대학생인 경우도 많다.

우간다에서 대학 공부를 하는 학생은 전체 인구의 3퍼센트도 안 된다. 초등학교 재학생 중 절반이 학업을 포기하고 중학교에 들어가면 또 절반 이상이 포기한다. 중학교를 졸업하면서 치르는 국가시험에 합격하고 인문계 고등학교에 들어가는 과정에서 또 절반 이상이 포기한다. 고등학교를 졸업하면서 시험과 학비 문제로 절대다수가 대학 진학을 포기한다. 우간다에서 전인교육 같은 사치스런

아프리카에서
부르는 바람의
노래

말은 거의 언급하지 않는다. 영어와 수학, 지리, 역사, 과학 등 주요 과목을 공부해서 국가시험에 통과하고 좋은 성적을 얻는 것이 교육의 목표다. 모든 국가시험은 주관식으로 치러지고 상대평가를 실시한다. 엄청난 인력을 투입해서 주관식 시험지를 평가하느라 시험 결과는 석 달 후에나 나온다. 그리고 그 공부의 끝은 직업을 얻어서 적어도 먹고 사는 걱정을 덜고 자식들을 제대로 교육하는 것이다. 이 교육의 정글에서 살아남은 사람이 사회적 지위에서 우위를 점하는 것은 당연한 일이다. 교육 시스템에 대한 비판은 거의 하지 않는다. 자신이 상위에 속하지 않은 것이 아쉬울 뿐이다.

중학교 이전에 학업을 포기한 사람들은 사실상 인생에 희망이 없다고 해도 과언이 아니다. 그냥 집에 있거나 일찌감치 직업 전선

◀ 교복을 입은 중학생들이 학교에 가는 모습이다.
▲ 한 중학교 강당에서 집회가 열렸다.

으로 뛰어든다. 기술이 없는 남자 직업이라야 오토바이 운전을 하거나 농사를 짓고 공사장에서 허드렛일을 하는 것이다. 여자아이들의 경우 일찍 결혼하거나 아기를 낳아 키우면서 살아간다. 학교에 다니는 것 외에는 학력을 보충할 방법이 없기 때문에 나중에라도 다시 학력을 갖추기 원한다면 반드시 학교에 들어가야 한다. 영성 좋은 우리 마을 스물다섯 청년 레오날드는 올해 고등학교 2학년이 되었다. 신학과에 가려면 중단한 학업을 보충해야 하기 때문이다. 이런 이유로 스무 살이 넘어서도 교복을 입고 자랑스럽게 중·고등학교에 다니는 학생이 흔하다.

대부분의 학생은 일어나자마자 동이 트기도 전에 학교에 간다. 초등학교에 비해서 드문 중·고등학교에 가려면 두 시간 넘게 걸어가야 하는 경우도 흔하다. 학교 가는 길에 일출을 맞이하고 대략 저녁 5시 넘어 집으로 향한다. 우간다 학생들은 아침 식사를 거의 하지 않는다. 머리카락은 짧고 옷은 교복을 입으니 꽃단장 하느라 시간을 쓸 필요도 없다. 학생들뿐 아니라 직장인들도 일어나면 바로 출근하고 아침 식사는 직장에서 간단하게 해결한다. 학생들은 아무 것도 먹지 않고 점심 시간까지 버틴다. 사립학교에서는 급식비를 받고 점심을 제공하지만 공립학교 학생들은 점심을 먹기 위해서 집으로 가야 한다. 급식비를 낼 수 있는 학생이 많지 않고 보통 한 학교에 몇 천 명씩 공부를 하기 때문에 이 학생들에게 전부 급식을 제공하기도 어렵다.

아버지가 밭에 나가라고 할까 봐 일어나자마자 세수도 안 하고 학교로 나서는 아이들, 학교에 있는 것 자체가 감사해서 학교를 잘 떠나지 않으려고 하는 아이들, 수업 시간에 선생님의 가르침에 귀 기울이며 눈을 동그랗게 뜨고 듣고 말하며 배운 것을 열심히 머릿속에 담는 아이들, 형편이 어려워서 휴학하는 것이 일상이지만 부모님을 원망하지 않는 아이들, 교육 제도의 불평등 조항 같은 것은 언급하기도 어려운 아이들, 생존권 역시 누구에게나 보장되어야 한다는 말을 들어본 적도 없는 아이들, 그러나 자기 삶에 대해서 늘 희망적이며 원망 같은 것은 할 줄도 모르는 아이들이 이곳 우간다 학생들이다.

국민 평균 연령이 십대이고 25세 이하 연령이 50퍼센트가 넘는 나라, 지금도 평균 출산 자녀가 다섯 명이 넘는 나라, 해질 무렵의 양떼구름처럼 떼를 지어 학교를 나서는 중·고생이 도시의 장관을 연출하는 나라, 시골 대학교인 우리 학교도 학생이 없어서 운영을 못하겠다고 말하는 사람은 한 명도 없을 만큼 사람이 많은 나라, 생존권이나 교육권이 없어도 모든 장애를 스스로 극복해 가야 한다고 생각하는 청소년이 있는 나라, 어려운 상황에서도 하나님은 언제나 일하신다고 굳게 믿는 사람들이 우간다 사람들이다.

언젠가 역사적 왜곡도 이겨 내고 경제적 궁핍도 극복하면서 이들의 인간적인 내면이 빛을 발할 날을 기대한다. 경쟁 교육이라는 교육의 역기능, 그것도 엄청난 불공정 경쟁이라는 모순 속에서도, 낙오자처럼 보이는 사람들의 삶을 통해서도 역설을 이끌어 내시는 하나님의 역사를 믿는다. 열심히 배우고 익히고 역경을 극복해 가는 우간다 청소년들이 언젠가 어깨를 펴고 세계에서 자신들의 삶이 하나님 나라의 역사라고 말할 수 있는 그날을 기대한다.

짧은 이야기, 긴 생각 3

쿠미대학교의 난민 학생 교육

우리 학교에서 공부하는 외국인 학생을 모두 합하면 150명이 넘는다. 주로 콩고와 르완다, 브룬디, 수단, 남수단 등의 동아프리카 여러 나라에서 오는데, 이들 중 대부분은 난민 학생이며 남수단 학생이 가장 많다. 이들이 시골에 위치한 우리 학교에 오는 것은 우리 학교가 기독교 대학이고, 영어를 가르치며 난민 학생을 대상으로 하는 장학 혜택이 있기 때문이다. 난민 학생들에게 장학금을 주는 학교는 우리 학교가 유일하다.

그동안 우리 학교에 공부하러 온 남수단 학생들은 열심히 공부하고 학교 일에도 적극적으로 참여해 왔다. 지난 코로나 봉쇄 기간에는 집에 돌아갈 차비가 없어서 기숙사에 머물며 학교를 정비하는 일을 도왔다. 축구팀도 남수단 학생들이 주축이 되면서 우리 학교 역사상 처음으로 대학 리그 상위권에 진출하는 쾌거를 이루었다. 이들은 종종 기숙사와 학교 건물을 깨끗이 청소한다. 집이 없어서 그런지 학교를 집처럼 생각하는 것 같다. 우리 학교가 이들을 돕

는다고 생각했는데 오히려 이들이 우리 학교를 살려내고 있다. 나라를 잃었다는 사실 이외에도 내가 이들에게 마음을 더 쓰게 되는 요인이다.

2011년 남수단이 수단에서 분리 독립하기 이전부터 종교 분쟁 때문에 수단에서는 300만 명 이상이 죽고 많은 사람이 자기 나라를 떠나야 했다. 남수단으로 독립한 이후에도 내전으로 떠난 사람이 150만 명이나 된다. 그들은 대부분 우간다 북부로 피난을 왔다. 지속되는 내전으로 고국으로 돌아갔다가 다시 오기도 했다. 남수단 학생들은 자기 나라가 매우 아름답고 지하자원이 풍부하다고 말한다. 나일강도 흐르고 산림이 우거져 있으며 석유 매장량도 상당하

아프리카에서
부르는 바람의
노래

고, 커피 등 다양한 농산물도 많이 나는 곳이라고 내게 자랑을 한
다. 그러나 현재는 세계 최빈국이라는 오명을 가지고 있다. 언제나
그렇듯 재난이 생기면 힘없는 여성과 아이들이 고통을 겪는다. 연
약한 여성은 폭력과 약탈의 피해자가 되고, 아이들은 교육을 받지
못하는 등 각종 결핍으로 고통스런 삶을 살아야 한다. 유엔의 난민
식량기구에서 한 달에 한 번 제공하는 8킬로그램의 옥수수 가루와
2킬로그램의 콩으로 연명해야 한다.

　새 학기가 시작되고 학생들을 만나는 시간이 있었다. 낯선 얼
굴이 제법 많이 보이는 가운데 신입생들을 격려하고 재학생들과 서
로 인사를 시킨 뒤 몇 가지 당부를 했다. "여러분은 특별한 혜택으

◀ 멀리서 바라본 난민 캠프 전경이다.
▲ 한 난민 캠프에서 아이들이 즐겁게 놀고 있다.

로 장학금을 받고 공부하고 있습니다. 그러니 이곳에서 감사하며 지내십시오. 우간다 학생들과 잘 생활하고, 장학금 혜택이 적은 학생을 위해서는 기여도에 따라서 추가로 장학금 혜택을 주고자 노력하고 있으니 학교생활에 성실히 임하고, 학교생활을 열심히 하는 선배들의 전통을 잘 따라 주십시오." 그러나 내가 정작 하고 싶은 말은 따로 있었다. 나는 우선 우리나라의 일제 식민지배와 6·25 전쟁 등의 역사 이야기를 한 후에 다음과 같이 말했다.

여러분이 현재 하는 공부는 장차 여러분의 가족과 친족, 부족을 넘어서 남수단이라는 나라를 위한 것이어야 합니다. 아니, 여러분과 비슷한 형편을 겪는 세계 도처의 사람들을 위한 것이어야 합니다. 열심히 공부해서 남수단에 평화가 오는 그날 마음껏 나라를 위해서 일할 수 있기를 기대합니다. 지금은 여기서 열심히 공부할 때입니다. 부족하고 어려운 것이 많을 것입니다. 그때마다 "내가 너와 지금부터 영원까지 함께 하겠다"고 말씀하신 예수 그리스도의 약속을 붙들고 잘 견디면서 열심히 해주길 바랍니다. 어렵게 살아온 경험을 가진 대한민국의 형제자매들이 여러분을 이해하고 기도하며 후원하고 있습니다. 그것이 얼마나 참혹한 것인지 알고 있기 때문에 여러분 돕기를 주저하지 않고 협력하고 있습니다. 얼마 지나지 않아서 세계 여러 나라가 여러분을 필요로 할 것입니다. 대한민국도 그 중 한 나라입니다. 여러분이 꺼지지 않는 희망의 불씨가 되어 주

▲ 난민 캠프 아이들이 유니세프 구호 활동에 참여하고 있다.

기를 기대합니다.

부족한 영어 솜씨로 한 이야기를 이들이 얼마나 알아들었을지 모른다. 내 고등학교 시절에 누군가 이런 이야기를 해주었다면 나는 열심히 공부했을지도 모른다. 경쟁심 때문에 공부를 해야 한다는 생각이 없었던 나 같은 학생에게는 마음에 새로운 이정표가 될 만한 설교가 필요했다. 좋은 대학에 입학하려면, 또는 남들보다 잘 살려면 공부해야 한다는 이유가 아닌, 대의를 생각하면서 공부할 동기를 만들어 주는 사람이 있어야 했다. 혹시 누군가 교회에서 그렇게 해주었다면 고마웠겠지만 극복해야 할 것이 많았던 당시 한국 교회는 기독교적 정의를 부르짖거나 선교적 대의를 말할 수 있는 형편은 아니었다. 교육에 무슨 희망이 있는지 아무것도 모르면서 가정 형편을 고려하여 대안 없이 들어간 학교가 교육대학이었다. 이후 교사가 되어서도 회색 빛깔의 긴 터널을 꽤 오래 걸었다. 사랑하는 사람들 덕분에 삶을 그냥 견디던 어느 날, 마침내 성령께서 말씀과 함께 임하시지 않았다면 나는 희망 없는 회색빛 삶을 언제까지 지속했을지 알 수 없다.

누군가 내게 이런 말을 해주었더라면 좋았겠다는 생각으로 목이 터져라 학생들에게 호소했다. 학생들은 신입생을 앉혀 놓고 왜 저렇게 침을 튀나 생각했을지도 모른다. 나는 어린 시절 나 자신을 그 자리에 앉혀 놓고 목소리를 높였다.

지금의 어려움은 기회입니다. 지금 여러분이 가지고 있는 여러 결핍은 사명의 동기가 될 것입니다. 여러분이 가지고 있는 세상에 대한 분노는 하나님 나라의 정의를 세우기 위한 에너지로 전환될 것입니다. 어려움이 있더라도 물러서지 말고 밀고 나가야 합니다. 하나님이 여러분을 도우십니다. 나도 최선을 다해서 돕겠습니다.

직접 남수단이나 난민 캠프에 가기 어려운 상황에서 그들이 이렇게 학교에 찾아와 주니 고마울 따름이다. 희망이 없던 내 삶에 어느 날 성령님이 함께하신 것처럼 이들과도 함께하시기를 간절히 기도한다. 40여 년 전 만나서 짧지 않은 기간 같은 고민과 사명으로 함께 일해 온 내 사랑하는 동료와 후배들을 만난 것처럼 이들도 이곳 쿠미대학교에서 그런 친구들을 만날 수 있기를 기도한다. 부디 이 학생들이 '그때 나는 깨달았고, 그곳에서 중요한 사람들을 만났으며, 그때부터 하나님이 함께하고 계심을 알게 되었다'는 고백을 할 수 있기를 간절히 기도한다.

바늘 하나로
인생 문제 해결하기

오늘은 아주머니들이 음발레에 가는 날이다. 모두 곱게 차려
입고 설레는 마음으로 길을 나섰다. 나는 차를 운전해 주고 아
내는 재봉틀 살 돈을 챙겼다. 지난 주일에 이미 다섯 명이 재
봉틀을 샀고 오늘은 세 명이 산다. 이들은 아직 재봉틀 살 돈
을 다 모으지 못했지만 아내가 돈을 보태서 사고 차차 갚기로
했다.

막상 재봉틀을 파는 상점에 갔지만 이 세 아주머니들은 가게
주인에게 아무 말도 못하고 그냥 앉아 있다. 이렇게 큰 도시에
처음 온데다 영어를 할 줄 모르니 당연한 일이다. 음발레는 부
기수 족이 살고 있고 우리 부녀자들은 테소 부족이기 때문에
영어를 하지 못하면 의사소통을 할 수 없다. 아내의 통역으로
이들은 인기 브랜드의 수동식 재봉틀을 샀다. 박스를 열어 조
립하고 시현해 보는 동안 나는 옆에 서서 이들의 표정을 살폈
다. 어리둥절해하면서도 제 손으로 번 돈으로 재봉틀이라는 큰

자산을 가지게 되었다는 기쁨이 얼굴에 가득했다. 이로써 바느질 하는 서른 명의 아주머니들 중 여덟 명은 자기 재봉틀을 갖게 되었다.

아내는 손바느질 공방을 운영한다. 처음 배우는 사람들에게는 기초 바느질 훈련을 시키고 이후 훈련된 부녀자들에게는 제품을 만들게 한다. 한국 사람들에 비해 손놀림이 투박해서 이들을 훈련하는 일은 생각보다 많은 노력이 든다. 지금까지 훈련한 사람들 중 절반 정도만 아직까지 남아서 바느질을 하고 있다. 바느질이 어려워서 떠난 경우도 있고, 결혼이나 출산 등의 이유로 떠난 사람도 있다. 모든 바느질 재료는 아내가 준비한다. 퀼트에 필요한 천과 지퍼를 사고, 천을 잘라 조각을 맞추면 사람들이 손바느질을 한다. 이렇게 하여 제품을 만들면 공임을 준다. 대략 제품 하나에 3,000실링이다. 아내는 이 공임을 다 주지 않고 1,000실링은 장부에 적고 모아둔다. 연말까지 목돈을 모아 이들이 사고 싶은 것을 사게 하기 위해서다. 대부분은 재봉틀을 사고 싶어 한다. 재봉틀은 자기 사업 수단이 되기 때문이다. 자전거를 사거나 염소, 돼지 등을 사서 살림에 보태기도 한다. 만일 3,000실링을 다 내어 주면 이들은 돈을 모으지못하고 필요한 곳에 써 버릴 것이다. 그리고 이렇게 돈을 모아 놓는것은 부녀자들이 바느질을 포기하는 것을 막는 방패가 되기도 한다. 바느질 공방을 운영하면서 신용금고 역할도 하는 것이다.

쾌 먼 거리를 걸어서 오는 아비가일은 늘 웃는 표정이다. 한 시

아프리카에서
부르는 바람의
노래

간도 더 되는 길을 걸어 다니면서도 일찍 와서 청소부터 한다. 돈을 벌면서 몸에서 나던 냄새도 없어지고 가발도 맞췄다. 결혼해서 아이가 하나 있는데 가난하기 때문에 아이 학비를 마련해야 한다는 생각으로 열심히 일한다.

어지간한 남자보다 덩치가 훨씬 큰 아리코는 나만 보면 싱긋 웃는다. 그런데 손이 커서 그런지 바느질을 잘 못해서 거의 매번 다시 해야 하는 경우가 생긴다고 한다. 아내가 기대하는 완벽한 바느질을 하려다 보니 다른 자매들보다 받는 돈이 적다. 아리코는 "맘, 조금만 기다려 줘요. 내 바느질 솜씨가 지금은 이렇지만 조금씩 좋아질 거예요"라고 말하며 바느질을 계속한다. 아리코도 이번에 재봉틀을 샀다. 아리코는 남편이 다른 여자를 따라 집을 나가면서 데려간 세 자녀를 이번에 되찾아왔다. 바느질을 하면서 아이들을 학교에 보낼 수 있게 되었기 때문이다. 그래서 새 엄마의 구박을 받던 아이들을 찾아온 기쁨에 그렇게 싱글벙글이다.

이들이 받는 공임은 이 지역에서는 결코 적은 돈이 아니다. 파우치 하나를 만들어서 받는 공임이 3,000실링인데 보통 숙련된 아주머니는 하루에 다섯 개 정도 만든다. 그러니 하루 1만 5,000실링을 버는 셈이다. 이곳에서 남자들이 품삯으로 받는 돈이 하루 1만 실링 정도이며 그나마 이렇게 받으면서 일하는 사람들도 별로 없다. 살로메는 우리 집에 출근해서 일하고, 바느질 재료를 집으로 가져가 주말에도 열심히 일을 해서 하루 2만 실링 정도를 번다.

초등학교도 제대로 졸업하지 못해서 집안일과 농사일을 하면

◀ 퀼트 공방에서 만든 수공예품들이다.

서 비누 한 장 살 돈도 없던 시골 부녀자들이 그야말로 어깨를 펼 수 있는 직업을 갖게 된 셈이다. 경제력이 거의 없던 여자들은 이제 가족들에게 맛있는 것도 사 먹일 수 있고, 자녀들을 좋은 학교에 보 낼 수도 있게 되었다. 자신을 아름답게 가꾸어서 아프리카 여성의 자존심도 내세울 수 있게 되었다. 그래서 바느질을 하러 모인 아주 머니들은 점점 예뻐지고 목소리도 커진다. 제품을 다시 뜯어고쳐야 할 때를 제외하고는 웃음소리가 울타리를 넘나든다.

아내는 예전부터 수를 놓거나 바느질하는 것을 좋아했다. 나로 서는 도무지 이해할 수 없는 일이지만 멀쩡한 천을 자르고 색을 조 합하여 다시 꿰매는 작업을 즐겨 한다. 파푸아뉴기니에 있을 때 서 양 선교사들 사이에서 조금 할 기회가 있었고, 필리핀에 있을 때는 제법 큰 이불 작품을 만들어 아들딸에게 보내 주었다. 그리고 인도 에 가기 위해서 본격적으로 퀼트 수업을 받아서 전문 자격증을 취 득했다. 가난한 나라에 가면 늘 부녀자들이 취약 계층이고, 이들이 할 수 있는 바느질은 희망의 도구가 된다는 것을 알게 되었기 때문 이다. 그리고 이렇게 경험하고 배운 바느질 실력은 지금 이곳 우간 다 시골의 부녀자들에게 생업이 되었다. 평소에 좋아하던 일이 사 람들의 생계에 도움이 되다 보니 더 즐겁게 일하는 중이다.

공방에서 만든 제품은 대부분 한국에서 구매해 간다. 우간다 현지 한국 선교사들도 후원자들에게 선물하는 데 최고라면서 한국 에 갈 때마다 주문해 간다. 우리 부부도 열심히 실어 날라서 사람들 과 나눈다. 우리 마을 가까이에 있는 한국 레스토랑에 전시해서 팔

▲ 퀼트 공방에서 부녀자들이 손바느질을 하고 있다.

기도 하고, 한국의 한동대 젊은이들이 인터넷 판매망을 만들어서 판매해 주기도 한다. 커피 사업을 하는 청년은 파우치와 필통, 휴대폰 케이스를 사은품으로 준다며 구매해 간다. 처음 시작할 때 걱정하던 판매 문제는 사람들이 알음알음 도와주고 있으며, 제품이 워낙 섬세하고 만드는 과정에 스토리가 있다 보니 요즘은 공급이 수요를 따라가기 어려울 정도다. 최근에는 우간다 수도의 한 병원에서 우리 제품 판매대를 만들고 싶다는 연락이 왔다. 우간다에서 이런 수준 높은 제품을 만들고 있다는 것에 놀라워하면서 건네 온 제안이다. 퀼트 제품을 받은 사람들이 아프리카 풍미 넘치는 이 제품을 받고 즐거워한다는 소식은 작업의 또 다른 동력이 되기도 한다.

　최근에는 일하는 부녀자들이 많아지면서 챙겨야 할 일도 그만큼 많아져서 아내의 건강이 많이 약해졌다. 40킬로그램대 초반을 유지하던 몸무게는 30킬로그램 후반대로 떨어졌고 시력도 많이 나빠졌다. 과거에도 늘 시력이 안 좋아서 힘들어했는데 나이가 들면서 백내장까지 생겼다. 한국에 들어왔다가 녹내장이 의심된다는 진단을 받았지만 한국에 오래 체류할 수 없어서 그냥 지내고 있었다. 이번에 한국에 가면 안과부터 가야 한다. 근력도 체력도 체중도 늘려야 하는데 늘 뭔가에 몰두하면 밥 먹는 것도 잊어버리는 성격이라 몸과 눈을 어떻게 하면 좋게 할 수 있을지 걱정이다.

　좋은 일이란 언제나 그런 것 같다. 나도 좋고 저들도 좋을 수 있는 일은 많지 않다. 늘 누군가의 희생이 따른다. 그저 하나님의 자비를 구하는 수밖에 없다. 젖먹이 엄마들의 웃음소리, 가슴과 허리춤을 다 보이면서도 열심히 바느질하는 아주머니들의 수다, 남편이 나가 버린 가정에 되찾은 행복을 위안 삼는 수밖에 없다.

◀ 퀼트공방에서 일하는 부녀자들이 본인들이 만든 수공예품을 선보이고 있다.

나를

지탱하는

힘

나의 어머니,
노상혜

내 어머니는 지금 94세이시다. 우리가 선교지로 떠나고 아버지도 돌아가신 이후 집에서 혼자 생활하신다. 요양보호사가 오전에 어머니를 돌봐 주는 중이다. 교회에서 가장 가까운 집에 거주하시기 때문에 교회 성도들이 자주 드나들며 교제한다. 교회의 성경 필사 프로그램에 참여하신 어머니는 한자가 잔뜩 섞여 있는 성경을 붓펜으로 필사해서 소장해 놓으셨다. 주로 보시는 텔레비전 프로그램은 〈세계를 가다〉와 명작 영화이다. 최근에는 돌아가시기 전에 남겨 놓아야겠다며 자서전을 쓰고 계신다.

6·25가 터진 해에 어머니는 열한 형제 중 둘째인 아버지와 결혼하셨다. 첫째 며느리가 역할을 잘 못해서 전쟁통에 맏며느리 노릇을 하셨다. 아버지는 휴전이 되어서도 제대하지 못하고 7년이나 군 생활을 하셨고, 그 동안 어머니는 농사를 지으며 올망졸망 시동생들을 키웠다. 어머니는 그 때 이야기를 지금도 종종 하신다. 그러면 우리는 이미 다 외워 버린 그 이야기를 조용히 듣고 있다. 1·4

아프리카에서
부르는 바람의
노래

후퇴 이야기, 중공군 이야기, 방공호 생활 이야기들이다. 지금 자서전을 쓰면서도 그 때의 일들이 생생해서 눈물을 참지 못해 진도가 잘 안 나간다고 하신다.

어느 날 어머니는 이웃집 갑주네서 〈소년 소녀 세계 명작〉 시리즈를 한 권씩 빌려 읽던 우리 형제에게 〈세계 위인전 전집〉을 사 주셨다. 집에 와 보니 아버지가 걸어 놓은 선반에 열다섯 권짜리 전집이 꽂혀 있었다. 그리고 전집 옆에는 〈앙드레 지드 전집〉과 〈헤밍웨이 전집〉이 있었다. 나는 아직 초등학생이었기 때문에 그 책을 읽을 수는 없었지만 어머니의 마음을 들여다 볼 수 있었다. 나중에 알게 된 사실이지만 어머니는 결혼하기 전에 책을 즐겨 읽으셨다고 한다. 십대 소녀였던 일제 시대에 교사가 되고자 하는 마음에 사범학교 시험을 보았는데 떨어지셨다. 주로 일본 사람들을 학생으로 선발하고 아주 적은 수의 한국 사람을 뽑았는데 거기에 들지는 못하셨다고 했다.

어머니의 또 하나의 삶의 터전은 교회였다. 주일학교 교사와 유·초등부 부장 역할을, 70세에 권사 은퇴를 하고 나서도 계속하셨다. 교회의 모든 수련회와 잔치 음식은 어머니의 계획과 관리, 지휘 하에 만들어졌다. 그때는 결혼식을 예식장이 아닌 교회에서 하던 때라 우리 교회 거의 모든 젊은이들은 어머니의 음식으로 잔치를 치렀다. 내가 아내와 결혼할 때도 교회 1층에서 양가 잔치 음식을 다 만들어 내셨다.

우리가 필리핀에서 한국에 왔을 때 어머니의 소원은 교회 가까운 집에 사시는 것이었다. 다리가 약해지셨지만 걸어서 새벽예배에 가고 싶어 하셨고 아무 때나 교회에 가서 기도하고 싶어 하셨다. 당시 내가 다음 선교지를 인도로 정하고 히말라야 산골을 다니느라 통신이 두절되었을 때 한국에 있던 아내가 교회에서 가장 가까운 단독 주택을 사 버렸다. 지금은 다리도 불편하고 귀가 잘 들리지 않아서 교회에 출석을 못하시지만 희한하게 기계음은 잘 들으셔서 온라인 예배를 드리신다.

내가 자랄 때 어머니는 내게 한 번도 잔소리를 하지 않으셨다. 민감한 중·고등학교 시절에 성적이 어떤지 물으신 일도 없다. 신앙과 공부, 학교 선택, 결혼에 있어서 전적으로 나를 믿어 주셨다. 다만 자식들을 충분히 도와주지 못하는 것을 늘 안타까워하셨을 뿐이다.

어머니는 내게 세상에서 가장 아름답고 현명한 분이다. 어릴 때는 누가 어머니를 힘들게 하면 나는 그 사람을 적으로 생각했다. 내가 장학금을 받기 위해 삼류 고등학교를 선택하고 교육대학에 진학했을 때 어머니는 몹시 안타까워하셨다. 그리고 대학 졸업 후 첫 발령지를 섬으로 지원해 도피하듯 떠나는 나를 보며 어쩔 줄 몰라 하셨다. 나는 시간이 지나면서 자리를 찾아갔고, 그런 나의 삶을 어머니는 여전히 지지해 주셨다. 우리 부부가 아이들을 데리고 부산으로 떠났을 때도, 첫 선교 사역을 위해 파푸아뉴기니로 떠났을 때도 손주들이 그리워 허리가 끊어질 듯 아팠던 일을 나중에야 말씀하셨다. 내가 교대에 다닐 때, 아르바이트를 그만두고 용현동 성당

지하실에서 야학 교사로 일하겠다고 했을 때도 아무 말씀이 없으셨다. 공립학교에 사표를 내고 내 갈길을 가겠다고 말씀 드릴 때도, 다시 필리핀, 인도, 이곳 아프리카 우간다로 떠날 때도 우려 섞인 이야기는 한마디도 하지 않으셨다. 혼자서 기도하며 삭이셨을 것이다.

어머니의 신앙과 자식을 향한 인격적인 존중이 내 삶의 기초를 이루었다. 어머니는 지금도 교회 지체들과 교회 제자들을 모두 기억하고 안부를 전하신다. 관절염 약을 드시던 몇 년 전, 거의 돌아가실 만큼 아파하실 때 "어머니, 친척들 경조사를 챙길 수 있도록 아버지 형제들과 사촌들 생일을 적어 주세요" 하고 말씀 드렸더니 앉은 자리에서 50명 가까이 되는 시댁 형제들과 조카들의 한자 이름과 생일을 양력, 음력 구분해서 A4 종이 앞뒤로 빽빽하게 적어 주셨다.

국외를 나가 본 일이 없지만 어머니 옆에는 늘 커다란 세계지도가 있다. 텔레비전 프로그램 〈세계를 가다〉를 보면서 그곳이 어디인지 찾아 확인하시고, 내가 우간다 어디에 있는지, 여행하는 곳이 어디인지 다 파악하고 계신다. 나는 그곳이 동쪽인지 북쪽인지, 얼마나 먼 거리를 간 것인지 묻는 질문에 답을 해야 한다. 어머니가 늘 우리와 함께 움직이고 계시니까 말이다.

일제 강점기에 일본에 사시던 부모님의 영향으로 우치무라 간조 같은 좋은 기독교인들의 영향을 받은 어머니의 신앙은 지금도 어머니 자신뿐만 아니라 나의 삶을 지탱하는 힘이다.

40년 동안
나의 안해, 강혜봉

"선생님은 뜻과 부르심이 있어서 선교 사역을 하시지만 아내 되는 분은 어떠세요? 아내분도 선생님의 뜻에 동의하시나요? 그렇지 않을 때는 어떻게 동의를 받아 내시나요?"

이따금 사람들은 내게 묻는다. 아주 착한 아내가 남편의 뜻을 잘 따라 주어 험한 선교지 삶을 함께 살아가는 것인지, 아니면 내가 아내를 설득하거나 강제로 끌고 다니는 것인지 알고 싶어 하는 것이다. 위의 세 가지는 모두 나의 경우에 해당하지 않는다. 국내든 국외든 교육자로서 선교 활동을 하는 것에 대해서 아내는 나의 선배이다. 내가 아내의 뜻을 바탕으로 이런 삶을 사는 것이라고 말하는 것이 적절한 표현이다. 어디서 어떤 일을 해야 하는지에 대해서는 남편인 내가 제안하고 설명하지만 교육과 선교에 대하여 나는 늘 아내의 깊은 속마음을 헤아려서 움직인다. 그리고 이 파란만장한 여정을 담담히 걸어갈 수 있었던 것은 시작부터 우리 둘뿐만 아니라 그분도 기뻐하시는 결혼생활을 하자고 약속했기 때문이다.

풍토가 다른 선교지에서 아내가 죽을 뻔한 적이 몇 번이나 된다. 25년 전 처음 파푸아뉴기니에 갔을 때 셋째 아이를 유산하면서 위기를 겪었다. 밤새 아내의 하혈이 심해 아침에 선교부의 경비행기에 실려 수술이 가능한 병원으로 갔다. 그때 함께 일하던 선교센터의 선교사들이 열심히 기도하며 아내의 회복을 도왔다. 비교적 젊을 때라서 위기를 넘길 수 있었다. 각 나라에서 온 사람들이 자기들 식의 산후 보양식을 가져오는 바람에 그들이 무엇을 먹으며 산후 조리를 하는지도 알게 되었다.

그 다음은 필리핀에서 뎅기열에 걸렸을 때다. 열병 퇴치를 위한 약은 간 기능에 영향을 미친다. 아내는 저하된 간 기능으로 음식물 섭취를 못하고 고열에 시달리며 죽음의 문턱까지 갔다가 왔다. 5년 전 우간다에서 말라리아에 걸렸을 때는 긴급 수송으로 한국으로 돌아가 치료를 하고 와야 했다. 이럴 때면 미안한 마음이 커져서 선교지 외의 대안을 생각하곤 한다.

처음 선교지에서 아내는 선교사 자녀들을 가르쳤다. 본래의 직업 정신을 살려서 한국의 학교생활 경험이 거의 없는 아이들에게 좋은 선생님이 되어 주었다. 한동국제학교에 갔을 때는 기숙사에 있는 스물네 명의 학생들을 먹이고 재우면서 교사 생활을 했다. 필리핀에서는 외국에서 온 스무 명 남짓한 선교사의 자녀들을 돌보느라 새벽부터 밤늦게까지 일했다. 낯선 타국에서 트라이시클을 타고 장을 봐 와서 아침, 저녁으로 식사를 준비하고, 빨래와 청소, 간식 준비에 생활 지도까지 다 해내는 철인이었다. 나는 아내에게 학교에서 가장 힘든 일을 하게 하면서 고생시키는 몹쓸 남편이 되었다. 대상포진과 심한 두드러기 등은 몸이 약해지고 면역력이 부족하면 생기는 병이라는 걸 나중에야 알았다.

아내는 필리핀 이후 다시 떠나는 미지의 선교지를 위해서 틈틈이 한국어 교사 자격증 공부, 퀼트 전문가 공부를 해두었고 지금도 그 바지런한 몸으로 현지인 여성의 생존을 위해서 일하고 있다. 남편의 무모한 도전을 옆에서 함께하기로 한 약속을 지키는 일이 이렇게 가혹하다는 것을 미리 알았다면 진즉 물러섰을지도 모른다. 그러나 그건 아무도 알 수 없는 일이었고, 결과적으로 아내의 인생은 이렇게 험하게 되었다.

아내는 이곳 우간다에 오면서부터 부녀자들의 퀼트 공방을 운영하고 있다. 공방 이름은 '캉가(Kanga) 퀼트'이다. 현재는 스무 명 정도의 직원이 있을 정도로 자리를 잡았다. 매일 아침이면 마을 이곳저곳에서 서둘러 직원들이 우리 집으로 모인다. 천을 자르는 팀과 자른 천을 색에 맞춰 배열하는 팀, 손바느질을 하는 팀이 있다. 나는 바느질 재료를 사고 바느질한 물건을 배달하는 일을 돕는다.

부녀자들이 돌아간 저녁이면 아내는 책상 앞에 앉아서 제품 개발 연구를 시작한다. 재봉틀로 하는 바느질은 고려하지 않고 손바느질만 한다. 재봉틀을 살 수 없는 형편의 부녀자들이 대부분인 것이 첫 번째 이유이고, 손으로 하는 바느질에 오히려 경쟁력이 있고 인간미가 느껴지기 때문이다. 덕분에 한국에서 오는 손님들에게는 늘 바느질 재료를 배달해 줄 것, 만들어진 제품을 한국으로 운송해 줄 것을 부탁한다. 스무 명이 만들어 내는 바느질 소품의 판매도 큰 과제였으나 지금은 우간다에 있는 한인들에게 인기 품목이 되었고, 한국에서도 여러 사람이 좋아해 주어서 주문 물량을 만들어 내기 바쁜 실정이 되었다.

내가 아내를 위해서 하는 일은 그나마 그녀의 쉼터를 만들어 주는 것이다. 낮에는 무조건 집을 비워서 혼자 있는 시간을 만들어 준다. 아내의 쉼을 위해 이따금 함께 차를 타고 어디론가 가기도 한다. 심한 길치인 아내는 내가 어디로 차를 몰고 가는지도 모르고 그냥 옆에 앉아 있다. 행선지는 별로 중요하지 않다. 나와 함께 있기만 하면 된다. 일과를 마치고 함께 잠자리에 누우면 옆에 있는 것만으로도 안도하는 것 같아서 감사하다. 아내가 이야기하면 나는 그저 알아들었다고 동의해 주면 된다. 이따금 추임새를 넣으면 더 신이 나서 이야기한다. 일하다가 생긴 문제나 요청 사항을 해결해 주려고 애쓰지 않아도 된다. 무리한 것을 부탁하지도 않거니와 약간만 몸을 움직이는 것으로 그녀는 충분히 나의 사랑을 확인한다.

남편으로서 이 정도의 역할로 얻는 은혜가 엄청나다. 결혼생활 40년 동안 나는 적어도 2만 8,000번의 끼니를 얻어먹었다. 나이 들어 잘 관리해야 하는 건강도, 인간관계도, 이곳에서 하는 일에 대한 안정감도 모두 아내에게서 나온다. 앞으로 얼마나 더 아내의 은혜를 입고 살아야 할지 모르기 때문에 나는 기회가 되는 대로 이런 우회적 방법으로라도 감사를 표현해 두어야 한다. 아내는 이런 것도 다 알면서 그냥 넘어가 준다. "1퍼센트의 남자만 신이 직접 구제해

주고 나머지 99퍼센트는 여자를 통해서 구제해 주신다"라는 말이
있다. 나도 그 99퍼센트의 남자에 해당한다.

▲ 나의 아내 강학봉 선교사가 공방에서 부녀자들에게 바느질을 가르치고 있다.

내 씩씩한 딸,
하늘이

하늘이는 우리 부부의 첫째 딸이다.

이제 나이도 마흔이 되었고 아이도 둘이나 있다. 초등학교에 다니는 두 자녀를 돌보며 학교에 나가 학생들을 가르치느라 분주하게 지내고 있다. 최근에는 사회복지사 자격증에 도전해서 엊그제는 160시간의 실습을 마쳤다며 매우 좋아했다. 더불어 선교사 파송 훈련도 하고 있다. 사위도 옆에서 챙기느라 애쓴다.

하늘이는 의사가 말하는 분만 예정일보다 20일 가까이 빨리 세상에 나왔다. 일요일이었고 아내를 병원에 데려간 지 두 시간 만에 그냥 쑥 나와 버렸다. 나는 성가대 지휘 때문에 잠시 교회에 다녀왔는데 이미 하늘이가 세상에 나와 있었다. 예정일보다 빨리 태어나서 그런지 아기 때는 울기도 많이 울었다. 할머니의 손길이 많이 가서인지 아이는 유독 할머니에게 정이 많다. 지금도 아흔넷 할머니를 가장 잘 챙기고 그야말로 효도하는 아이가 하늘이다. 가까운 거리도 아닌데 여차 하면 인천에 증손주를 데리고 온다. 장남 역할을 해야 하는 우리 부부가 우간다에 있다 보니 벌써 몇 해째 명절 친척 모임은 하늘이네 집에서 한다.

선교를 목적으로 아무 연고도 없는 부산으로 떠났을 때 하늘이는 초등학교 2학년이었다. 엄마가 발령 받은 학교에 같이 따라갔지만 아이에게는 모든 것이 낯설었다. 특히 부산 사투리 특유의 야단치고 화내는 듯한 말투가 힘들었다고 한다. 파푸아뉴기니에 가기 전까지 우리는 부산에 살았고 하늘이는 거기서 초등학교를 졸업했다. 저녁에 집에 오면 우리 부부가 각각 성경 공부 모임을 인도하는 경우가 많았는데 그때 선생님들이 데리고 오는 아이들을 하늘이가 돌봐 주었다. 부산을 떠나기 직전에는 내가 부산교육청 파견 교사 노릇을 하느라 분주했는데 그때는 엄마 친구 역할도 했다.

파푸아뉴기니의 선교사들은 성경을 번역하고 있었는데 그들의 자녀들을 돌보며 가르칠 교사가 필요했다. 거기서 아내는 초등학생들을 가르치고 나는 중·고등학교에서 일했다. 우리도 새로운 환경이 낯설었지만 이미 중학생이 된 하늘이는 공부하는 것이 만만치 않았다. 초등학교 4학년이던 이삭이는 학습에 별 부담 없이 열심히 뛰놀던 반면, 하늘이는 자신이 뭔가 잘하지 못하고 있다는 것에 대해서 자존심 상해하고 눈물도 많이 흘렸다. 아마 우리가 모르는 눈물이 더 많았을 것이다. 오래 지나지 않아서 아이는 웃음을 되찾았고, 학교 활동도 열심히 하면서 적응해 갔다. 그리고 한국으로 돌아오기 전 학년말 시상식에서 'Citizenship' 상을 받았다. 250명의 전교생 중 가장 모범적이고 가능성 있는 학생으로 선정된 것이다.

파푸아뉴기니에서 3년 반 만에 우리 부부는 다시 한국으로 돌아왔다. 그곳에서 우리가 할 수 있는 일이 대략 마무리되었다고 생각했기 때문이다. 놀랍게도 거기서 내가 가르친 고등학생들이 모두 한국의 유수한 대학에 입학했다. 문제는 정작 우리 두 아이들이었다. 고등학교 2학년이 되어 한국에 온 하늘이의 성적은 처참했다. 이삭이는 체육과 영어 점수가 괜찮아서 중학교 1학년 때 중위권 정도의 성적표를 가져왔다. 우리에게 성적표를 내밀던 하늘이는 눈물을 훔치면서 말했다.

"아빠, 괜찮아. 조금만 기다려 봐."

나는 지금까지 그 말을 하는 하늘이의 표정을 생생하게 기억한다. 아이는 이미 초등학교 1학년 때 부산에 가면서 힘들어했고, 파푸아뉴기니에서도 같은 경험을 했으니 이제는 그때처럼 힘들어하지 않고 극복해 보겠다는 뜻이었다. 하지만 하늘이는 대입에 실패하고 재수를 했다.

이후 하늘이는 몇 개 대학을 지원했으나 제일 먼저 입학 허가 통지를 받은 한동대학교에 입학했다. 경영과 경제를 복수로 전공했는데 공부가 힘들어서 휴학을 하기도 했다. 그 기간에는 인생의 방향을 알고 싶다며 예수전도단에서 진행하는 하와이 DTS에도 참가했다.

"엄마, 그런데 다른 사람들한테는 들린다는 그 하나님의 음성이 나한테는 안 들려." 전화기 너머로 들려오는 소리에 내가 대답했다. "하늘아, 나도 한 번도 들어본 적 없어."

하늘이는 그렇게 훈련을 마치고 복학했다. 4학년 때 한동대학교 학생회에서 그 해 가을 축제 기획을 하늘이에게 맡겼고, 하늘이가 축제 운영 팀을 조직해서 가을 축제를 기획하고 진행했다. 미국에서 교사 자격증을 취득할 수 있는 교환 학생의 기회가 생겨서 다녀오기도 했다.

하늘이가 대학을 졸업했을 때, 별무리학교를 시작하는 후배들은 영어 교사로 하늘이를 부르자고 했다. 나는 이 일에 아무 관여도 하지 않기로 했다. 하늘이가 원하는 대로 하는 게 맞다고 생각했다. 결국 후배들이 하늘이를 구슬렸다. 하늘이는 기왕 미국 교사 자격을 얻었으니 거기서 더 경험을 해보고 싶다는 생각도 했으나 별무리마을에 들어와서 별무리학교 선생님이 되었다.

몇 년 전, 방학이면 자녀들과 함께 필리핀으로, 태국으로 여행하면서 봉사활동을 하던 하늘이에게 문제가 생겼다. 독감에 걸렸을 때 먹은 약 때문인지 혈액 질환 진단을 받은 것이다. 학교 일을 할 수 없을 정도로 피로해서 병원에 갔다가 병을 알게 되었다. 그때를 생각하면 지금도 미안한 마음이 가득하다. 우간다에 있는 우리 부부는 해줄 수 있는 게 아무것도 없었다. 얼마나 절망적이었을까. 남편과 아이들 걱정에 많이 울었을 텐데 곁에 있어 주지도, 같이 울어 주지도 못했다. 이후 아이는 양약을 과도하게 처방하여 생긴 병이라고 생각하고 자연 치유와 한방 치료법을 모색했다. 국내뿐 아니라 국외에서 하는 치료도 탐구하고 기계도 샀다. 자가진단, 자가 치료를 하다 보니 거의 자연 치료 전문가가 되었다.

별로 해준 것도 없는 딸 덕에 우리가 살고 있는 듯한 느낌을 자주 받는다. 신문이나 방송, 인터넷에도 없는 이삭이의 활동 소식을 죄다 전해 주는 것도 하늘이고, 무던한 동생 이삭이의 속을 헤아려서 우리에게 조언을 해주는 것도 하늘이다. 우리가 한국에 없기 때문에 해야 할 소소한 일도 모두 하늘이 몫이다. 두 아이를 제 손으로 키우면서 남편을 챙기고 친족들을 모두 헤아린다. 아침잠이 많던 숲속 공주님이 어느새 전사가 되었다. 앞으로 또 어떤 일이 있을지, 어떤 모습으로 살아가게 될지 누구도 알 수 없지만 "아빠, 조금만 기다려 봐" 하고 말하던 하늘이의 모습은 내 마음에 고스란히 남아 있다.

아프리카에서
부르는 바람의
노래

▲ 모로이카라 지역의 석양이 대지를 붉게 물들이고 있다.

가수 아들,
홍이삭

등반가였던 토니 쿠르츠는 고산 등반에서의 며칠은 일상에서
보내는 몇 년 혹은 몇 십 년을 상쇄하고도 남을 만한 내적 가치
가 있다고 말했다. 빙벽에 매달려 있는 순간은 놀랍도록 생생
할 뿐 아니라, 몸 안에서 감성과 야성, 이성적 판단이 하나로 융
합하는 완벽한 순간이라고 한다. 또한 놀라운 집중력과 능동성
을 발휘해 앞을 가로막는 온갖 장애를 과감하게 이겨 나간다고
한다.

위의 글은 이삭이가 2019년 한 방송국의 음악 경연 프로그램
〈슈퍼밴드〉에 참가한다고 했을 때 우간다에 있던 내가 아이에게 보
낸 것이다. 음악 경연 대회에 참가해서 주어진 미션을 수행해 나가
는 것이 힘들겠지만 분명 의미가 있을 것이라고 격려하고자 보냈
다. 밴드 경연에 참여하는 것은 순전히 아이의 결정이었다. 그리고
아이는 결선까지 올라가 사람들이 좀 알아보는 뮤지션이 되었다.

아프리카에서
부르는 바람의
노래

시작했을 때 통통했던 얼굴은 6개월의 경연 동안 홀쭉하고 피곤한 모습으로 변해 갔다.

그리고 이번에는 〈싱어게인 3〉라는 프로그램에 재차 도전했다. 지난번보다 더 많은 고민을 했고, 참가 결정을 우리에게 알리지도 않았다. 자신의 음악 세계에 뭔가 진부한 게 있다고 생각하고 돌파구를 찾자는 뜻에서 출전한 것인데, 뜻밖의 우승을 해버렸다. 아이가 음악을 하겠다고 정식으로 선언한 지 14년이 지났고 처음 대중에게 알려지게 된 유재하 음악 경연 대회 이후 10년 만의 일이다. 소위 말해서 꿈을 이루어 가는 청년이 되었다. 덕분에 이삭이 애비인 나도 언론의 조명을 받아서 몇 차례 인터뷰도 했고, 과거 내가 했던 강의는 인터넷에서 조회 수가 역주행하고 강의 소감 댓글이 줄줄이 달렸다.

2001년 여름, 선교사 활동을 하다가 한국에 왔을 때, 우리 가족은 갑자기 다시 분해되었다. 나와 아내는 학교로, 하늘이는 한국의 입시 지옥으로, 그리고 이삭이는 낯선 한국 아이들 속으로 들어갔다. 다행히 기독교 계통의 학교에서 찬양 팀 활동을 하기도 했지만 많은 시간을 홀로 지냈다. 나중에 알게 된 일이지만 우리가 집에 없는 시간에 혹은 가족이 모두 잠자는 시간에 컴퓨터를 통해서 음악 탐구에 심취했었다고 한다. 영어가 익숙한 이삭이는 국외 음악 사이트에 들어가서 각종 음악을 들으며 춤도 추곤 했는데, 어떤 음악을 어떻게 좋아하고 추구했는지는 애비인 나는 잘 모른다. 어느 날 학교 축제에서 춤 추는 아이들 중에서 이삭이를 발견하고 그 춤 솜씨에 놀란 적이 있을 뿐이다.

아이가 고등학생이 되었을 때 전문가를 만나 가수로서의 소질이 있는지 검증을 받을 기회가 있었다. 결론은 "그냥 공부하는 것이 좋겠다"는 것이었다. 이후 이삭이의 고등학교 생활은 즐겁지 못했던 것 같다. 교장의 아들로서 행동이 자연스럽지 못했고, 뭔가 막혀 있는 듯한 감정으로 지내는 것 같아 보였다. 지금에서 말이지만 어린 시절 웃음을 입에 달고 다니던 아이에게 이런 상황은 미안한 일이다.

대학에 가서는 나름대로 자기 인생길을 탐구하는 시간을 가졌다. 그리고 발견한 아주 약간의 예술적 재능으로 지하실 음악 세계를 구축해 갔다. 작곡 동아리, 성경 공부 모임, 찬양 팀과 함께하는 단기 선교, 제자훈련 등 학업과는 관계없는 일에 매진했다. 그러더니 친구들과 라오스에 단기 선교를 간 이삭이가 전화를 했다. "미국 버클리 대학에 지원하고 싶어요." 입학 절차는 누나인 하늘이가 도와주었다. 아이가 음악을 하는 것이 좋겠다고 생각은 했지만 애비로서 도와준 것이 없었기에 지켜보고만 있었다. 그러나 아이가 음악을 한다고 말했을 때는 할 수 있는 대로 돕겠다고 했다. 그리고 한 달 후 합격통지서가 왔다.

그 학교가 어떤 학교인지, 학비와 생활비가 얼마나 드는지도 모르고 손뼉을 쳤다. 이삭이가 미국으로 떠날 때 우리 부부는 다시 필리핀으로 떠났다. 가지고 있던 몇 푼의 돈은 아이가 미국에서 3학기까지만 공부할 수 있을 정도였다. 학비와 최소한의 생활비만 보내 줄 수 있었기 때문에 나중에 필리핀에 방문한 아이에게 미국 생활에 대해서 묻자 외롭고 가난했다고 말했다. 이후 이삭이는 혼자서 뭔가를 해보겠다고 군대 입대를 미루고 음악 세계에서 몸부림을 쳤다. 그리고 시간이 꽤 지나서 〈싱어게인 3〉에서 우승했다.

나는 처음부터 이삭이가 노래를 썩 잘 한다고 생각하지 않았다. 그렇다고 작곡이나 악기 연주가 탁월하다고 생각하지도 않았다. 그러나 아이의 음악 활동을 찬성한 이유는 이삭이가 음악 활동 외의 것에는 가치 부여를 하지 못했기 때문이다. 공부는 해야 하니까 하는 것이고, 돈을 벌어 안정적인 생활을 하는 것에 대해서도 별 관심이 없었다. 열심히 하는 것은 오로지 방에서 혼자 악기를 만지거나 친구들과 무리 지어 음악을 만들고 연주하는 것뿐이었다. 그러니까 음악은 아이 삶의 거의 전부나 다름없었다. 잘 해내면 좋지만 혹시 유명해지지 않거나 배가 고파진다고 해도 할 수 없는 일이었다. 애비인 내가 보기에 이삭이는 음악을 해야만 하는 아이였다. 그리고 스스로 용기를 내어 그 길을 가겠다고 하니 마다할 이유가 없었다.

아이가 우승할 때 한국에 방문해서 만난 이삭이는 지금까지 내가 알던 이삭이가 아니었다. 음악과 신앙에 대한 고민 끝에 교회 밖에서 음악 활동을 하기로 결정했고 쉽지 않았지만 본인이 하는 음악의 거의 모든 것을 혼자 해냈다. 이미 어느 정도 유명세가 있어서 전문 음악사에서 녹음이나 편집을 도와주겠거니 했는데 지금까지 그 모든 것을 혼자 했다고 한다. 작곡과 편곡, 노래의 배경이 되는

MR을 만드는 일까지 혼자 했다. 고맙게도 주변의 전문 악기 연주자들이 이삭이를 도와주었다.

"다른 일은 몰라도 아버지가 하시는 일은 열심히 도와드릴게요." 이렇게 말한 이삭이를 이번 한국 방문 한 달이 다 되어 가도록 만나지 못했다. "예술가와 성직자에게는 빈곤이 필수"라는 말을 아이에게 한 적이 있다. 하나님은 최선으로 인도하시지만 그 최선이 예술가에게는 빈곤일 수도 있다는 말이다. 예술가와 성직자의 영혼은 종종 빈곤과 궁핍에서 나온다고 C. S. 루이스도 말했다. 이 말은 지금은 많이 바쁘고 사람들의 박수를 받지만 최악의 상황이 닥칠 수도 있다는 내 마음의 준비일 수도 있다.

이삭이의 〈싱어게인 3〉 우승을 두고 나보다 더 즐거워하는 사람을 많이 만났다. 어떻게 내 아이의 일을 이렇게 기뻐할 수 있는지 의아하다. 이뿐 아니다. 이상하게도 이삭이의 옆에는 아이를 돕고 싶어 하는 사람이 많다. 곡을 만들거나 녹음하기 위해 필요한 여러 과정에서 음악가들이 자진해서 도와준다. 한동대 중퇴, 버클리대 휴학생에 불과한데 그 학교 학생들과 졸업생들은 이삭이를 자신들의 동문이라고 생각한다.

이삭이가 고3일 때, 대입을 앞두고 학교에서 선배로서 해야 할 일이 많아 고민하던 아이에게 나는 이런 말을 해주었다. "이삭아, 졸업 전에 학교를 위해서 일하다가 대학에 떨어져도 괜찮다. 지금 하는 일을 끝까지 해라. 네 자신의 유익보다 우선해서 해야 할 일이 있는 법이다. 가는 곳마다 사람들을 이용하지 말고 헌신하는 것이 최선의 태도다. 결과는 항상 선물이며 은혜일 뿐이야." 아이가 자신이 할 수 있는 음악으로 사람들을 위로하고 사랑하며 살 수 있다면 좋겠다. 이것이 아이의 굴곡 있으나 흥미진진한 대중음악인으로서의 삶을 보는 애비의 마음이다.

　　아프리카 사람들은 무엇이든 잘 해낼 가능성이 있는 사람들이
다. 그런데 스스로 비하하여 열등하게 생각하는 내밀한 감정이 있
다. 그 열등감의 원흉은 검은 피부다. 이곳에 잘 적응해서 살도록 만
들어진 이 건강하고 부드러운 피부색은 1400년대 초 유럽 사람들
이 아프리카 사람들을 노예로 삼았을 때부터 노예의 상징이 되어
버렸다. 피부색 자체가 감옥이 된 것이다. 피부색 때문에 탈출할 수
도 없었고, 자유를 얻을 수도 없었다. 인종 차별의 역사는 여기에서
시작된다. 그리고 근대에서도 피부색 때문에 오는 불행의 역사는
계속되고 있다.

　　내전이 심해서 지금도 난민을 양산하는 남수단의 경우가 그렇
다. 키가 크고 아름다우며 건강미까지 세계 최고인 이 사람들은 과
거에는 독립을 위해서 수십 년간 싸웠고, 지금은 자기들끼리 싸우
고 있다. 남북이 나뉘어 싸운 독립전쟁은 이슬람과 기독교의 종교
전쟁처럼 보였으나 그 안을 들여다보면 피부색에 대한 차별이 있었

다. 북쪽과 남쪽 수단 사람들의 피부색과 종교가 빚어낸 이 치열한 전쟁에서 수백만 명이 죽었다. 독립 후에는 이권에 눈이 어두워진 지도자들이 전쟁 중에 겪은 종족 갈등을 내세워 욕심 채우기에 나섰다. 그들의 이 비열한 힘겨루기로 지금도 사람들은 자기 나라에서 평화롭게 살지 못하고 무정부 상태의 삶을 살고 있다. 이 상황이 언제 회복될 수 있을지는 아무도 모른다.

우리 학교에서 공부하는 젊은이들은 어른들의 이런 행태에 관해서 회의적이다. 그런 학생들에게 나는 이렇게 말했다. "하나님은 예수님을 이 세상에 보내실 때 가난하고 연약한 사람의 모습으로 보내셨습니다. 성장하실 때도 변두리에 계셨고 무명의 사람들과 같이 지내셨습니다. 그들은 교육도 잘 받지 못했고, 재력은 더더욱 없는 사람들이었으며 예수님도 그중 일원이었습니다. 그러나 하나님은 그 비천한 사람들, 멸시 받는 사람들을 통해 교회를 세우셨습니다. 세상을 구원하는 교회는 아무런 이름도 없는 이런 사람들을 통해서 시작되었습니다."

지금 아프리카 사람들이 그런 사람들이다. 저물어 가는 유럽과 미국의 기독교계, 그리고 승승장구하던 한국 교회 이후를 위해 하나님이 준비해 놓으신 사람들이 이들이다. 이런 역사적 과정을 통해서 나는 이들이 자존감도 회복할 수 있으리라 믿는다. 아니, 그래야만 한다. 과거 하나님이 내게 예기치 않은 역사를 일으키시고, 내가 세상에 필요한 존재라는 것을 알게 하신 것처럼 말이다.

쿠미대학교에서의 총장 일은 곧 끝나겠지만 나는 아프리카를 떠나지 않을 것이다. 앞으로 전개될 아프리카의 역사를 직접 보고 싶다. 한 번 시작한 이들과의 삶을 지켜 내고 싶다. 나이가 들면서 힘도 없어지고 정신력도 약해지겠지만 가능한 한 이곳에서 이들과 생활하면서 할 수 있는 일을 해볼 요량이다. 가능하다면 쿠미대학에서 가르치는 일을 계속할 것이고, 직·간접적으로 난민 학생들과 함께 생활하는 것도 지속할 생각이다. 그러나 무엇보다도 이곳 교육자들을 만나서 교육 발전을 함께 모색하고 싶다. 이는 처음 우간다에 오면서부터 가진 생각이다.

이곳에 살면서 확장된 생각이 있다면, 어린이와 교사들을 위한 부족어 성경을 번역하고 이것으로 성경 공부를 하면서 신앙과 부족 정체성을 공고히 하는 일에 협력하고 싶다는 것이다. 아내 역시 부녀자들과 이곳에서 시작한 일을 지속할 예정이다. 장소를 옮기거나 공방을 새로 만들 필요가 있다. 그리고 이 공방 사업 역시 부족 단위로 만들어서 발전시키면 좋을 것이다. 아리코 같은 여자들에게 희망을 주기 위해서다. 무엇보다도 이런 일이 더디게 진행된다거나 잘 되지 않는다 하더라도 이들 옆에서 하나님이 하시는 일을 지켜보고 싶은 것이 내 소망이다.

누구나 그렇지만 나는 이 땅에 태어나는 것을 선택하지 않았다. 어떤 곳에서 어떤 사람으로 태어날지, 누가 나의 부모와 형제가될지도 선택하지 않았다. 뿐만 아니라 내가 기독교인이 된 것도 선택이라기보다는 생득적 결과이다. 잘 이해되지 않을 수도 있지만 사실 내가 사람들을 가르치는 선생이 된 것도 같은 맥락에서 보면

필연적 선택이라고 할 수 있다.

나는 운명론자가 아니며 내 삶에 대한 책임은 나에게 있다고 생각하지만, 사실 내 삶의 상당 부분은 주어진 것임에 틀림없다. 그리고 이것에 의미를 부여하고 어떻게 살아야 할지 결정하는 것은 나의 몫이다. 누구도 가르쳐 주지 않고 가르쳐 줄 수 없기 때문이다.

내가 지금 같이 살고 있는 아프리카 사람들을 생각해 보면 이런 나의 생각을 좀 더 뚜렷하게 증명해 낼 수 있다. 그들도 이곳에서 이런 모습으로 태어나기로 선택한 것이 아니다. 태어나 보니 여기, 이런 모습, 이런 상황이었다. 분쟁이 지나간 상처 위에 태어나서 지금도 진행 중인 분쟁과 갈등 때문에 난민이 된 사람들이다.

많은 종교인과 인문학자, 철학자, 작가들은 이런 점에 대해서 탐구하여 인생은 무엇인지, 삶에는 어떤 의미가 있는지 성찰한다. 그리고 자신이 찾은 나름의 답을 발표하고 가르친다. 하지만 정답을 말할 수 있는 사람은 아무도 없다. 그런 사람이 있다면, 그가 틀렸다는 것이 확실한 정답이다.

확실한 것은 인생에는 모순적이고, 역설적인 상황이 많이 연출된다는 것이다. 우리가 해답이라고 믿었던 것이 사실은 틀린 생각이라는 것이 그렇고, 많이 소유한 사람이 실제로 더 불행하게 사는 현실도 그렇다. 가난하고 힘들어 보이는 사람이 더 행복한 경우도 많고, 고난을 많이 겪어서 상처가 깊을 것 같은 사람이 오히려 인격적으로 더 단단하고 성숙한 것도 그렇다. 좋은 환경에서 성장한 사람들이 오히려 나약하고, 좋은 음식을 많이 먹은 사람이 병에 잘 걸리는 경우도 그렇다.

이런 모순은 신앙의 대상인 신에게서도 나타난다. 살아 계시다고 하는 하나님은 볼 수 없는 존재이고, 사랑이 그렇게 많으시다는 분이 사랑 받지 못하고 고통스러워하는 사람들을 그냥 두고 보신다. 살아 계시다면 이 땅에서 일어나는 그 많은 전쟁과 살인 그리고 억압과 차별을 왜 그냥 보고 계시는가. 모순적인 상황에 대한 해답을 찾지 못한 상태에서 가르쳐야 한다는 것은 또 얼마나 자기 모순적인 일인가. 삶이 어디서 왔는지, 어떤 의미가 있는지 정확히 알지도 못하면서도 가르치고 나면 무엇인가 이룬 것 같은 이 느낌은 또한 얼마나 역설적인가. 노력해서 얻지 않은 많은 것을 누리고 경험하면서 살아가는 이 삶은 얼마나 경이로운 것인가.

길지 않은 6년간의 우간다 쿠미대학교 생활을 글로 정리했다. 나와 같은 경험을 하는 사람이 많지 않을 것이라고 생각하여 용기를 내었다. 어떻게 보면 이 경험으로 인해 나는 우간다 사람들의 인식 깊은 곳을 어느 정도 들여다볼 수 있었고, 그러면서 쉽게 생각한 '이들과 함께 살기'에 대한 뼈저린 통한을 경험했다. 그러나 그것은 아마도 타 문화권에서 다른 생각을 가진 사람의 가슴 저림에 불과할지도 모른다. 이들은 그렇게 살아왔고, 또 그렇게 살아갈 것이다. 그저 이물질 같은 내가 저들 속에 들어가 주제넘게 여러 고민을 해 댄 것에 불과한지도 모른다.

▲ 우간다의 도시 음발레로 들어가는 도로이다.

아프리카에서 부르는 바람의 노래

초판 1쇄 인쇄 2024년 7월 25일
초판 1쇄 발행 2024년 8월 15일

지은이   홍세기
펴낸이   김선희

편집   강민영
편집지원   김만호 김요섭 전경자
            김지혜 박선희 백승국 윤보라
디자인   임현주
제작   추우천
경영지원   이성경
인쇄   성광인쇄

펴낸곳   템북
주소   인천 중구 흰바위로59번길 8, 1036호
전화   032 752 7844
팩스   032 752 7840
이메일   tembook@naver.com
홈페이지   tembook.kr
출판등록   2018년 3월 9일 제2018-000006호

ISBN979-11-89782-13-9 03810

템북은 아이들이 꿈꾸게 하고, 교사들이 소명을 깨닫게 하며,
교육에 새로운 희망을 주는 책을 만듭니다.